W0185321

SOMMAIRE

CHAPITRE 1

Il était 4h du matin lorsque je regardais l'heure au cadran lumineux de mon réveil. Cela faisait 6 heures que j'avais enfin terminé ma dernière intervention de chirurgie cardiaque à l'hôpital. Tout s'était finalement bien passé, mon patient de dernière minute était arrivé in extrémis, grâce à l'intervention rapide du SAMU et à l'appel providentiel de sa compagne. J'étais déjà fourbu après une journée bien remplie et prêt à rentrer enfin chez moi lorsque les secrétaires à l'accueil des urgences m'ont rattrapé. Cette fébrilité, cette effervescence, cette montée d'adrénaline provoquées par le risque face à la fragilité de la vie humaine m'avaient fait aimer mon métier à l'hôpital, surtout à mes débuts. J'avais tellement besoin de me sentir utile, indispensable, important au moment où j'ai commencé mon internat. Je savais bien que ce besoin de reconnaissance avait son origine dans mon histoire de famille, en particulier à cause de la célébrité de mon père et de l'aura qui entourait sa personnalité. Je n'avais pourtant aucune envie de creuser plus profond en moi car il y aurait eu certainement trop de moments éprouvants à revivre certains épisodes de ma vie avec lui. Il avait passé tant de mois par monts et par vaux, payé par de gros médias de l'information pour ses qualités incomparables de reporter. Il était si populaire… J'avais tellement envie de lui ressembler ! Mais voilà, papa venait de nous quitter il y avait un mois à peine et j'avais encore du mal à y croire. La figure paternelle et toute l'autorité que cela représentait pour moi s'en était allée un soir de novembre, à la suite d'une crise cardiaque que je n'avais même pas été capable d'anticiper... Le comble pour un cardiologue non ?

A l'heure actuelle, mon métier à l'hôpital m'intéressait moins. J'aimais toujours l'atmosphère tendue et concentrée dans la salle d'opérations, la coordination presque parfaite dans l'équipe bien rodée des infirmières et anesthésistes, et surtout j'étais dans l'émerveillement permanent devant l'avancée de la technologie dans la médecine. Que de progrès, que de vies sauvées ou rallongées ces dernières années grâce à l'ingéniosité de certains chercheurs ! Et ces équipes de recherche, j'avais finalement décidé d'en faire partie.

J'avais proposé ma candidature auprès d'une structure proche de mon lieu de résidence et j'avais été accepté quelques mois auparavant. Je voulais sortir un peu de ma routine, rencontrer des confrères, m'intéresser davantage à l'avenir de cette spécialité chirurgicale, proposer moi-même de nouvelles pistes que je trouvais intéressantes… Oui, je voulais m'échapper un peu de mon quotidien et me rapprocher du modèle paternel. J'avais ainsi l'opportunité de beaucoup voyager et de me rendre populaire, intéressant, important. J'étais bien conscient de ma réelle motivation mais après tout, je l'acceptais sans réserve puisque d'une façon ou d'une autre je continuais à servir l'humanité, je restais dans la voie que j'avais choisie. Bien sûr Claire mon épouse n'avait pas applaudi mon choix. Cet engagement dans la recherche impliquait aussi des absences répétées et des déplacements parfois lointains la laissant seule gérer le quotidien de notre famille. Elle avait tenté de m'en dissuader dès le début mais je l'avais rassurée en lui promettant que je ne choisirais que les conférences et symposiums qui en valaient vraiment la peine. Elle était médecin elle aussi après tout et même si elle s'était contentée du statut de généraliste elle comprenait ma passion et mon désir de faire évoluer ma profession. Je voyais de temps en temps dans son regard une pointe d'admiration. Cela me flattait et apaisait les quelques scrupules qui me traversaient l'esprit au moment de lui annoncer un prochain voyage.

Claire dormait paisiblement à mes côtés. Je voyais dans la pénombre la forme de sa belle chevelure brune sur l'oreiller. Déjà 8 ans que nous étions mariés. On s'était rencontrés sur les bancs de l'Université dès notre 2ème année de médecine. Nous étions encore bien jeunes mais j'avais été immédiatement séduit par son sourire, son regard si expressif qui lui évitait bien souvent de parler pour se faire comprendre. C'était une belle femme bien sûr, mais c'est son rayonnement qui m'avait séduit. Il se dégageait de son être une belle énergie qui m'avait comme ensorcelé. Elle était de nature spontanée, gaie et me surprenait toujours lorsqu'elle se prenait d'un fou rire car elle avait toujours beaucoup de mal à se calmer. Pourtant nous étions restés amis très longtemps avant de vivre une relation amoureuse. J'étais aussi volage qu'elle était sérieuse et après avoir tourné en dérision mes flatteries et compliments un peu trop appuyés, elle m'avait fait comprendre très vite qu'une amitié l'intéressait davantage qu'une aventure sans lendemain. Nous partagions aussi, il faut le dire beaucoup d'intérêts communs. Pour la médecine d'abord, mais aussi pour le sport. Ainsi nous nous retrouvions fréquemment à la piscine ou sur un court de tennis le week-end. Il nous arrivait aussi de terminer ces rares journées de détente au restaurant, tous les deux ou avec des amis communs. J'avais renoncé à la regarder comme une proie, comme une jolie fille à mettre dans mon lit et j'avais finalement commencé à la connaître, à l'estimer. Son parcours professionnel avait été très différent du mien. Claire était vraiment une humaniste passionnée et elle avait décidé d'être médecin pour partir soutenir des ONG. Finalement c'était très bien comme ça. Elle avait vécu ce qu'elle avait souhaité, elle avait réalisé son rêve, atteint son objectif et à la fin de ses études, passé plusieurs années dans différents pays au contact de populations terriblement pauvres qu'elle avait pu soulager. Ces années-là, où nous étions très éloignés l'un de l'autre m'avaient permis de mon côté d'évoluer plus sérieusement. Il m'avait fallu beaucoup de rigueur et d'acharnement pour arriver au bout de mon cursus et obtenir mes diplômes. Ma vie privée à cette époque-là était devenue plus austère. Ce n'était pas un réel choix… Je n'avais pas le temps de beaucoup me distraire.

- Tu ne dors pas ?

Claire avait relevé la tête dans ma direction. Il faut dire que je m'étais assis dans le lit sans m'en rendre compte, perdu dans mes pensées.

- Non chérie, je suis un peu préoccupé. Il faut que je te dise, heu... je viens de l'apprendre, je dois bientôt participer à un symposium à Singapour.

- Singapour ? Mais c'est vraiment très loin cette fois. D'habitude tu vas plutôt à Zurich, parfois au Canada. Pourquoi Singapour ? Quelle sorte de symposium ?

- Un de ceux que je ne peux tout simplement pas louper cette fois. Trop important. D'abord les sujets qui seront abordés par mes confrères conférenciers seront en lien direct avec ma spécialisation. Ils vont nous faire découvrir de nouvelles procédures en mettant l'accent sur le travail d'équipe ; il va s'agir plus spécifiquement d'une avancée sensible dans la chirurgie robotique. En ce qui me concerne, je vais devoir parler de chirurgie valvulaire devant des instances d'Australie et de Nouvelle Zélande. Tu vois chérie, je dois vraiment y aller. C'est important pour la chirurgie !

- C'est ce que tu me dis tout le temps ! Et je pense que ça t'arrange bien aussi, dit-elle avec un sourire en coin. Ah quel dévouement ! Tu ne sembles pas accablé par la tâche à venir ?

- Non, je le confesse... Je suis ravi de faire ce voyage. Je ne suis jamais allé là-bas et ce sera aussi l'occasion de visiter un peu.

- Bon, ok, mais quand a lieu cet événement ? Parce que tu le sais, depuis la mort de ton père, ta mère m'appelle tous les jours. Je lui remonte le moral comme je peux. Je passe la voir parfois les après-midis et je prends le thé avec elle ; je lui amène souvent les enfants car cela l'aide à retrouver un peu le sourire, mais sans toi, tout cela va me sembler vraiment très pesant.

- Ne t'inquiète pas chérie, le symposium ne dure que 3 jours, du lundi au jeudi. Disons que je pourrais rester les 3 jours suivants là-bas pour découvrir cette ville et je rentre. Tu vois, c'est l'affaire d'une semaine à tout casser. D'ailleurs il va falloir que j'en parle à l'hôpital car je vais devoir confier à Brooke mes interventions urgentes. Je crois que j'en avais trois, impossibles à reporter. Bon allez ma chérie, on ira ensemble un jour si ça vaut le coup ; je te dirai... S'il te plait, on en parle plus tard, rendors-toi, lui dis-je en me recouchant près d'elle et en lui caressant doucement les cheveux.

Oui, je dois l'avouer, je me sentais un peu coupable. Moi, je n'avais qu'une envie, prendre l'avion et faire un break alors que mon père, Philippe, venait de décéder et que ma mère Gabrielle, était un peu perdue, dépressive, seule dans sa grande maison. Nous étions début décembre, les fêtes de fin d'années approchaient et Claire allait devoir s'occuper de nos jumelles, Estelle et Charlotte, qui n'avaient que 8 ans, tout en consacrant une partie de son temps au château ! C'est ainsi que l'on appelait pour s'en moquer la maison de mes parents. Le château… C'était mon frère Antoine, de 2 ans mon cadet qui avait le premier eu cette idée de surnom pour notre maison. Il est vrai qu'elle était immense. En fait nous n'habitions qu'à l'étage qui comprenait une très grande salle à manger et 4 chambres. Le rez-de-chaussée avait été aménagé en garage pour une partie et mon paternel y avait installé aussi son bureau et une immense salle de réunion. Il recevait régulièrement ses collègues de la rédaction et ils y faisaient de nombreux brainstorming. Je me souviens avoir vu à plusieurs reprises, par la porte entrouverte, un nuage de fumée de cigarette flotter sous le plafond. J'entendais des voix fortes et aussi des rires parfois. Tout ceci m'impressionnait beaucoup lorsque j'étais enfant. Ma mère n'était pas toujours d'accord pour abriter sous son toit ces réunions tardives et parfois festives mais mon père disait que c'était toujours dans la convivialité que les meilleures idées émergeaient et se mettaient en place car tout le monde arrivait ainsi à relâcher un peu la pression. Maintenant, Gabrielle ma mère se retrouvait toute seule au château. Mes frères, Antoine et Fred étaient partis vivre à Paris, et j'étais le seul à continuer à vivre à Bordeaux, près d'elle. Bien sûr, tout monde se demandait si elle allait pouvoir continuer à y rester et jusqu'à quand, mais la mort de papa était trop récente pour qu'on aborde le sujet. Claire, en tout cas, emmenait souvent les filles au château, beaucoup plus souvent ces derniers temps bien sûr. Ma mère appréciait, elle retrouvait un peu de joie de les voir s'amuser et rire ensemble. Ce mois de décembre s'annonçait particulièrement froid. J'allais m'absenter une semaine pour une destination à la fois exotique et dépaysante. A moi d'éviter de trop montrer ma joie et mon excitation, que ce soit auprès de ma famille comme de mes collègues de travail…

Les jours suivant se passèrent comme à l'ordinaire, Brooke mon confrère cardiologue à l'hôpital, plus âgé et expérimenté rouspéta un peu bien sûr pour la forme, de devoir récupérer certains de mes patients. Il m'encouragea aussi pour le symposium. C'était la première fois que j'allais devoir m'exprimer dans une aussi grande salle. Sa confiance et ses conseils me touchèrent. Il me rappela certains points importants que j'allais devoir aborder. Je me mis ensuite à préparer soigneusement mon texte et mes slides. Le week-end approchait et mon billet d'avion était prêt pour un départ de Roissy le dimanche soir à 23h30. Je repassais à nouveau sous mes yeux tout le dossier que j'avais préparé planche après planche, un peu anxieux tout de même, d'autant que mon accent anglais n'était pas des plus harmonieux et faisait très frenchie.

CHAPITRE 2

Le taxi qui m'emmenait à l'aéroport de Mérignac filait à vive allure alors que dans le sens inverse les voitures immobilisées dans les bouchons du dimanche soir, illuminaient toute la voie, avec leurs centaines de phares allumés sous la pluie. Arrivés devant la porte des départs, je descendis de la Mercedes en ayant pris soin de récupérer ma valise dans le coffre. J'y avais rangé avec plaisir dans la matinée, mon costume bien sûr mais aussi des tee-shirts, pantalons légers et même un maillot de bain. J'espérais pouvoir profiter d'un agréable moment de détente dans cette cité Etat que j'allais découvrir. Le voyage jusqu'à Paris fut rapide. Je rejoignis rapidement le Terminal E de Roissy, et après avoir accompli toutes les formalités d'embarquement, je me dirigeais directement au Salon Business puisque mon billet et ma carte fidélité m'y donnaient accès. C'était toujours un plaisir pour moi de profiter d'un peu du confort de cette classe. Se retrouver au calme, dans un fauteuil moelleux pour déguster tranquillement un petit en-cas me permettait généralement de me détendre avant le vol. J'aimais cette étrange sensation d'aventure que je ressentais dans les aéroports. Les voix dans les haut-parleurs, les allées-venues des avions que l'on apercevait sur les pistes, avec le sifflement des réacteurs. Les employés sur le tarmac qui guidaient ces énormes engins pour les aider à se garer. Tout ceci m'était devenu familier depuis mes premières missions dans le cadre de la recherche médicale et j'avais déjà pas mal voyagé dans mes jeunes années. Pourtant j'éprouvais toujours une espèce d'euphorie lorsque je partais. Je savais où j'allais, je savais pourquoi et ce que j'allais faire mais il subsistait une part d'inconnu, une part que j'espérais être une surprise du destin. Je n'allais pas être déçu !

Je regardais de temps en temps mon téléphone portable pour vérifier l'heure, je dégustais en même temps en apéritif un délicieux whisky que j'appréciais particulièrement et que le salon proposait en libre-service, tout en croquant de délicieux toasts au saumon. Mon regard se déplaçait parfois vers le grand écran qui placardait sans cesse les informations en temps réel et qui attirait l'attention avec ce format géant d'images en mouvement. Rien de bien nouveau en ce début décembre en France à part le temps qui s'annonçait glacial pour un début d'hiver. Heureusement la neige n'était pas annoncée de sitôt et j'espérais pouvoir décoller et atterrir à mon retour dans une semaine, sans encombre sur le tarmac de Roissy. Je regardais aussi autour de moi les gens qui fréquentaient ce salon. Des hommes et des femmes d'affaire, des touristes aisés qui avaient envie de soleil et de chaleur, des asiatiques qui retournaient chez eux... Toute une population disparate et moi au milieu. Il y avait aussi une femme d'un certain âge, assise à quelques mètres sur ma droite, très élégante et pourtant très sobrement habillée. Pantalon, veste assortie de couleur vert kaki et des tennis aux pieds. Elle avait une classe naturelle, les cheveux blonds mi-longs qui reposaient à peine sur ses épaules. Elle lisait une revue en riant toute seule, tout en croquant des biscuits d'apéritif. Je me demandais ce qu'elle pouvait bien faire là. Elle n'avait pas l'allure d'une business woman, ni d'une touriste. Il est assez rare de partir seul faire du tourisme, surtout aussi loin. C'était peut-être une expatriée qui rentrait chez elle ? En tout cas, je me disais qu'elle avait bon moral... Elle devait lire quelque chose de vraiment très drôle pour rire ainsi. J'enviais sa bonne humeur. Cette femme m'intriguait. J'arrêtai subitement de la regarder après que nos regards se furent croisés. Il ne fallait absolument pas que je laisse planer le moindre intérêt envers cette inconnue. On ne sait jamais à qui on a à faire dans ce genre d'endroit. De plus, elle avait bien la soixantaine et du haut de mes quarante et un ans, je n'allais pas laisser supposer quoi que ce soit. Les gens sont parfois bizarres et font facilement des interprétations à leur avantage.

L'heure était enfin venue de nous installer dans l'avion. Grâce à mon billet business que j'avais co-financé avec mon organisme de rattachement, je faisais partie des abonnés et je passais devant l'hôtesse dans la file rapide. Mon siège était situé dans les premiers rangs juste derrière la cabine des 1ère classes. Je m'installais près du hublot, constatant avec plaisir que le 737 était récent, offrant un écran assez grand et un siège des plus confortables. 11 heures d'avion, c'est ce qui m'attendait et je me disais en moi-même que j'avais bien fait de privilégier mon bien-être. Je préférais me payer le supplément de billet pour voyager dans de bonnes conditions car bien évidemment les organismes de recherche ne font pas ce genre de cadeau, du moins à un jeune chirurgien, de faible renommée comme moi. Après m'être installé douillettement à ma place, m'être débarrassé de mes chaussures et avoir enfilé les sur-chaussettes proposées dans la pochette accrochée au siège devant moi, je reprenais le polar que j'avais commencé il y a quelques jours. C'était une histoire haletante, un tueur en série que personne ne pouvait soupçonner puisqu'en apparence un bon père de famille. J'étais plongé dans le récit d'une de ses sorties nocturnes lorsque je m'aperçus en levant un peu les yeux, que le siège à côté du mien était encombré d'un sac à main féminin. En relevant la tête, je l'aperçus. Elle était debout devant moi, dans son ensemble pantalon vert kaki, le visage relevé vers le casier à bagage dans lequel elle tentait d'enfouir une petite valise et un manteau rouge. Je me replongeai aussitôt dans ma lecture, faisant mine de n'avoir rien vu alors que j'avais bien constaté que ma voisine était la personne que j'avais aperçue dans le salon Air France, quelques minutes auparavant. Tout en continuant de lire, je l'observais du coin de l'œil. D'abord par curiosité, car il n'est pas banal de passer une nuit aux côtés de personnes inconnues, même si cela se passe dans un avion, ensuite par intérêt car selon la corpulence et l'éducation, les heures qui s'annoncent peuvent être agréables ou carrément désagréables. Mes voyages précédents me l'avaient appris. Un passager volumineux vous empiète facilement sur les accoudoirs, un autre peut être bruyant, remuant, indiscret, etc. C'est une sorte de loterie et parfois même, lorsque des familles voyagent avec des bébés, votre nuit peut être vraiment perturbée. Ma passagère s'étant assise, je perçus les effluves délicats d'un parfum de qualité. Tout compte fait, je pensais avec satisfaction que mon voyage aurait au moins l'avantage d'être calme. Cette femme me faisait bonne impression. Bizarrement, son visage et sa silhouette me faisaient penser à quelqu'un mais là, dans l'immédiat, aucun souvenir ne refaisait surface dans mon esprit. Il s'agissait juste d'une sensation, d'une espèce de ressenti du genre qu'on ne peut expliquer car vraiment j'étais certain de ne jamais l'avoir rencontrée auparavant. Malgré tout, je tournais ce questionnement plusieurs fois dans ma tête et je me promis d'essayer d'en savoir plus en m'arrangeant pour discuter avec elle plus tard. Nous aurions bien l'occasion au cours du voyage, ne serait-ce qu'à l'occasion du repas, lorsque l'hôtesse apporterait nos plateaux. Je me souvenais aussi que la classe Business propose en général du champagne en apéritif. Ce serait l'occasion de lui proposer de trinquer. La convivialité provoquée par cet événement me permettrait d'avoir des informations sur cette inconnue qui m'intriguait depuis le premier regard que je lui avais adressé. Je me replongeais dans mon livre en tâchant de me concentrer sur ce que je lisais. Mon héros assassin était rentré chez lui au petit matin après avoir commis son horrible forfait et il avait, comme si de rien n'était, retrouvé son épouse et sa fille qu'il adorait. Vraiment un tordu, comme on peut en croiser sans se méfier car tout n'est jamais écrit sur le visage des gens. Heureusement, ce genre de personnage n'est pas très courant. Voilà dans quel genre de pensée je me trouvais lorsque ma voisine m'interrompit.

- Désolée de vous déranger Monsieur, je voulais juste vous demander si dans la pochette devant vous, vous n'auriez pas par hasard ma couverture ? Je n'ai rien dans la mienne.

- Ah je vais regarder. En effet Madame. Je n'y suis pour rien, désolé vraiment mais tenez, je vous la rends lui dis-je en lui tendant l'objet empaqueté dans du cellophane.

- Lilas, dit-elle, en me tendant sa main, je m'appelle Lilas, comme la fleur...

- - Nicolas, Madame, lui dis-je en me tournant vers elle et en lui serrant la main.

A ce moment, mes yeux tombèrent littéralement dans les siens. D'un gris vert lumineux, ils étaient très expressifs, intenses. Je détournai mon regard aussitôt pour ne rien montrer de mon léger trouble. J'arrangeai ma couverture sur mes jambes, histoire de me donner une contenance car vraiment cette inconnue m'avait surpris, dérangé quelque part et je ne savais pas pourquoi. Je ne pouvais pas dire que j'avais été séduit, cette femme avait un âge suffisamment avancé pour que je ne m'intéresse pas à elle sur ce plan-là, mais son allure, son regard, son parfum, tout cela me paraissait irréel, bizarre. Je n'étais pas du genre à m'émouvoir facilement devant quiconque, encore moins devant une personne du sexe féminin. Mon passé de « tombeur » durant toutes mes années d'études m'avait créé une réputation que j'avais eu du mal à faire disparaître lorsque j'avais épousé Claire. Non c'était de l'histoire ancienne tout cela, j'étais désormais un homme sérieux et vraiment amoureux, père de famille comblé. Je repensais alors à la conversation que nous venions d'échanger... Lilas, donc elle s'appelle Lilas... Je n'en connais pas, je n'en ai jamais connu. Bon, bref, tout cela est étrange mais assez courant somme toute, il arrive très fréquemment à notre cerveau de se tromper et de confondre certains souvenirs avec une réalité qui y ressemble seulement.

Je replongeais les yeux dans mon livre, espérant y trouver un peu d'apaisement. Je continuais à jeter un œil de temps en temps sur ma voisine qui s'installa à son tour, se préparant pour le voyage qui allait tout de même être relativement long. Après que nous ayons tous attaché nos ceintures, l'avion commença à rouler sur la piste. Nous dépassions un à un tous les entrepôts encore allumés de l'aérogare puis nous nous retrouvâmes dans la nuit noire. J'apercevais ensuite par le hublot les balises lumineuses de la piste de décollage. Après un arrêt rapide, et l'avertissement de l'hôtesse dans le haut-parleur, nous informant du décollage proche, j'entendis les réacteurs se mettre en marche. Leur sifflement strident me fit légèrement frissonner. J'adorais ce moment. L'avion se mit à rouler à vive allure, puis donna toute sa puissance et soudain commença à s'élever dans les airs. Je n'avais jamais eu peur en avion contrairement à beaucoup de personnes que je connaissais, qui appréhendaient justement ces manœuvres délicates que sont le décollage et l'atterrissage. En vrai cartésien, je savais que de nombreux protocoles de sécurité étaient en vigueur dans l'aviation et que les peurs étaient surtout liées aux sensations inhabituelles de ne plus être sur la terre ferme. Je me tournai soudain vers ma voisine, un peu curieux de savoir comment elle-même vivait ce moment. Je la vis crispée, les mains accrochées fermement sur les accoudoirs de son siège et les yeux fermés. Visiblement, elle n'était pas tranquille... Je souris en réappuyant ma tête sur le dossier. Je n'avais pas envie de me moquer d'elle mais elle paraissait ainsi si vulnérable, presque comme une adolescente malgré son visage un peu affaissé et légèrement ridé ! Après une vingtaine de minutes, et après avoir pris de l'altitude, l'avion finit par se stabiliser, ma voisine par se détendre un peu, nous foncions vers Singapour dans la nuit noire.

Les heures s'égrainaient doucement. L'hôtesse apparut une première fois pour nous proposer l'apéritif. Nous prîmes comme je l'avais prévu tous deux une flute de champagne. Après avoir trinqué, nous échangeâmes quelques phrases. Lilas, qui parlait facilement m'apprit qu'elle se rendait en fait à Bali après une correspondance à Singapour. Elle me raconta qu'elle avait prévu de découvrir cette île à l'occasion d'une retraite spirituelle qui devait avoir lieu dans trois endroits de l'île, dont un, près du Mont Agung, le volcan local. Elle était très enthousiaste, à l'idée de ce séjour qui devait être vraiment fantastique d'après la brochure. Je lui souriais aimablement mais je ne pouvais cacher sur mon visage des traces de mon scepticisme quant à tout ce fatras de techniques New Age très à la mode et dont certains profitaient allègrement pour se remplir les poches en vendant du rêve. Je renonçais par politesse à lui exposer mon point de vue. Elle devait avoir l'habitude de se confronter à des personnes comme moi puisqu'elle enchaîna sans se démonter, en me disant que certaines techniques de bien-être étaient maintenant entrées à l'hôpital. Là, je ne pus résister et je lui dis que je n'étais pas au courant alors que j'étais chirurgien. Elle ne se troubla pas d'un pouce, ne fut pas du tout impressionnée et elle se mit au contraire à rire joyeusement en me regardant. Je préférais cette réaction à une confrontation et à tout argumentaire. Nous trinquâmes à nouveau et lorsque son verre toucha le mien, elle dit, avec un sourire en coin : « A la santé des chirurgiens et de l'hôpital ». J'esquissais à mon tour un sourire, et j'ajoutais « à votre santé et à votre futur bien-être madame ». Nous bûmes nos coupes et la discussion prit fin. Je me replongeai dans mon livre en attendant que les hôtesses nous servent le repas. Le tueur psychopathe était maintenant pris à parti et poursuivi par une bande de voyous du quartier où vivait sa prochaine victime. Il allait devoir se faire plus discret pour s'en approcher.

- Monsieur, votre plateau...

L'hôtesse était devant moi et déposa mon repas sur ma tablette. Lilas me souhaita un bon appétit, et nous commençâmes à dîner côte à côte. La voyant attaquer sa tranche de saumon, je ne pus m'empêcher de lui demander s'il était normal qu'elle ne fût pas végétarienne... Je lui souriais malicieusement car finalement sa conversation me tenait compagnie et Lilas était finalement une personne plutôt agréable. Elle se justifia en m'expliquant qu'elle était en chemin vers une vie plus saine mais que pour l'instant elle n'avait pas franchi le pas, qu'elle n'était pas prête. Nous continuâmes à discuter un peu. J'avais prévu de regarder un film avant de dormir mais il était déjà plus d'une heure du matin à nos montres lorsque nous pûmes enfin allonger nos fauteuils pour espérer dormir un peu. La lumière s'éteignit dans la cabine. La pénombre s'installa sur nous, ne laissant que quelques veilleuses allumées de ci, de là, permettant aux hôtesses de passer dans le couloir central pour surveiller les voyageurs. Quelques écrans étaient restés allumés et j'apercevais de loin les images mouvantes et colorées de films que regardaient quelques passagers n'ayant pas sommeil. Tout était calme, l'avion continuait sa route dans la nuit et j'enfilais mon bandeau sur ma tête pour isoler mes yeux de toute luminosité. J'aurais pu aussi mettre les bouchons d'oreille car le bruit des réacteurs était quand même assez important mais le sifflement était régulier et de toutes façons je savais que je ne supporterais pas ces espèces de boules de caoutchouc, molles comme de la pâte à modeler, à appliquer sur le conduit auditif pour le boucher. Je me tournais sur mon fauteuil, essayant de caler mes jambes qui dépassaient un peu dans le vide. Bientôt bercé par le ronronnement de l'avion je m'endormis.

- Ma montre est dans le tiroir secret de mon bureau. Elle est pour toi Nicolas.

Je me réveillai en sursaut. En fait, je n'étais pas complètement endormi, je somnolais seulement et Lilas venait de prononcer d'une voix assez appuyée ces mots que j'avais très bien entendus. Je me redressai aussitôt surpris et un peu mécontent. Pourquoi me parlait-elle ? Pourquoi avait-elle prononcé mon prénom ? Et pourquoi surtout me disait-elle cela ? Je restais dans l'ombre, à demi assis, tourné vers ma voisine qui dormait paisiblement... Un instant, je pensais qu'elle faisait semblant de dormir et qu'elle avait voulu me jouer un tour, mais il fallait que je me rende à l'évidence, elle dormait vraiment. La tête tournée vers moi, elle respirait paisiblement la bouche à demi ouverte, en émettant un léger ronflement. Impossible de faire semblant. En la regardant ainsi, à son insu je la trouvais très belle. Elle n'avait pas un visage de star mais elle avait une beauté naturelle, une lumière, une certaine élégance même endormie. En tout cas, j'étais sonné... Lilas, une femme que je ne connaissais pas quelques heures auparavant, venait de parler dans son sommeil, en m'appelant par mon prénom et surtout en faisant référence à quelque chose de très personnel qui me concernait au plus haut point. Je répétais ses paroles mentalement, en séparant chaque mot lentement comme si je les épelais « ma montre est dans le tiroir de mon bureau... Elle est pour toi Nicolas ».

J'étais stupéfait, mon cœur battait très fort dans ma poitrine et j'avais le souffle presque coupé.

Je m'approchais du visage de Lilas le plus discrètement possible pour vérifier qu'elle ne s'amusait pas à mes dépens, mais je ne vis rien de spécial. Je distinguais ses traits immobiles, je sentis le souffle de sa respiration, très régulière et je me reculais rapidement au cas où elle aurait senti ma présence. J'étais interloqué. Elle venait de me parler comme si c'était mon père qui s'exprimait à travers elle. Oui, Philippe mon père, qui venait de mourir il y avait tout juste un mois, possédait une montre que je voyais comme un véritable trésor. C'était une montre d'une très grande valeur, de marque suisse, mais encore et surtout, ce bijou était juste pour moi la représentation de tout ce qu'il était... A la fois un homme de goût, un homme raffiné, un baroudeur et un intellectuel de premier ordre. La montre a toujours été, de mon point de vue le seul bijou qu'un homme pouvait arborer avec fierté sans avoir l'air précieux ou même efféminé. Je me remémorais alors immédiatement l'image de cette Patek Philippe, avec son boitier rond or gris, son cadran laqué couleur crème et les chiffres gris luminescents. Le bracelet, en écailles d'alligator, cousu main était de couleur brun chocolat mat. L'usure l'avait assoupli et il portait de très nombreuses marques dues à des chocs divers donnant à ce joyau encore plus de charme. La boucle déployante, avait quelques fois été manipulée par mes doigts hésitants, alors que je la mettais à mon poignet en cachette.

Je ne savais que penser. Un instant je me dis que j'avais moi-même dû rêver. Le décès de mon père était tellement récent. Il s'en était allé de façon si brusque, imprévisible, qu'il était tout à fait normal que j'en fus choqué jusque dans mon inconscient et que mes rêves expriment l'événement et toutes les émotions qui pouvaient en découler. Mais une question restait sans réponse… J'ignorais complètement ce que mon père avait fait de cette montre. A sa mort, avec l'aide de ma mère Gabrielle et de celle de mes deux frères, je m'étais occupé de toutes les démarches. J'avais retrouvé tous les documents importants requis par le notaire pour préparer la succession. J'étais donc allé dans le bureau paternel, j'avais fait l'inventaire de tous les documents rangés dans les tiroirs, dans les armoires mais à aucun moment je n'avais aperçu sa montre. Ma mère m'avait fait entrer plusieurs fois dans leur chambre et je me souvenais avoir vu les tables de nuits dégagées. Lorsqu'il portait sa montre, papa la posait délicatement près de sa lampe de chevet le soir avant de se coucher. En y repensant, je remarquais que je ne l'avais pas même aperçue depuis plusieurs mois mais je n'y avais guère prêté attention. Mon père savait à quel point j'admirais sa montre et il lui arrivait quelquefois de faire des allusions à un éventuel leg en ma faveur. Son sourire narquois me mettait au supplice car je ne savais jamais s'il disait vrai ou s'il plaisantait. Et là, il y avait seulement quelques minutes, une inconnue venait de me confier, en dormant l'endroit où se trouvait cet objet auquel je tenais tant. Non, je n'avais pas rêvé mais quelque chose de spécial venait de se produire. Je n'avais jamais auparavant, ni été témoin, encore moins vécu moi-même un événement aussi surprenant et troublant. Allons bon, me dis-je, me voilà bon pour l'asile de fous. Cette personne, allongée près de moi n'est pas ordinaire ! D'ailleurs pourquoi me trouble-t-elle depuis le premier instant où je l'ai vue ? J'étais perplexe et pour quelqu'un de ma trempe, en principe toujours capable de trouver des explications rationnelles à ce qui peut paraître un peu surnaturel à d'autres, j'étais pour la première fois véritablement déstabilisé. Au bout d'un moment, Lilas ouvrit les yeux, se redressa vers moi et me demanda si tout allait bien. C'est alors que je compris que mon visage devait trahir mon émoi malgré la pénombre de la cabine. Je me repris aussitôt en lui disant que j'allais très bien mais que j'avais soif. Je lui offris alors la possibilité de lui ramener une boisson puisque j'avais décidé d'aller voir les hôtesses. Un

Schweppes nous rafraîchit tous deux et nous échangeâmes juste quelques mots, des banalités au sujet de l'avion et du trajet. Nous survolions à ce moment là la mer caspienne. Le jour s'était levé et le soleil filtrait à travers les stores qui recouvraient les hublots. Notre nuit n'en était pas moins terminée car notre vol nous emmenait vers l'est et nous étions forcément amenés à voir le soleil apparaître malgré l'heure à nos montres qui indiquait trois heures du matin.

Bien évidemment je guettais les paroles de Lilas, espérant qu'elle se souvienne, d'un rêve, de quelque chose. J'attendais un indice, un mot, un trouble, un souvenir... mais rien ne se passa. Lilas paraissait aussi calme et tranquille que la veille. Je me mis à repenser au motif de son voyage. Tout cela ne m'avait pas du tout intéressé et lorsqu'elle avait abordé, avec quelques mots sobres sa passion pour la méditation et la spiritualité, je dus certainement lui montrer malgré moi mon aversion pour le sujet car elle se tût rapidement. Je commençais alors à douter de mon attitude et de mon refus catégorique d'admettre qu'il puisse exister des faits inexplicables. Je ne pouvais plus maintenant rester sans rien faire. Après ce qu'il venait de se produire, mon instinct de scientifique et de chercheur devait à tout prix trouver l'explication rationnelle qui allait me rassurer. Euréka, j'ai compris… Ce n'était pas le cas, je n'avais rien compris et je n'avais pas la moindre piste vers laquelle chercher l'apaisement. Parler en dormant est un phénomène naturel bien connu. Cela s'appelle la somniloquie. Mais dire une phrase, parfaitement articulée, ayant un sens aussi précis et surtout concernant quelqu'un d'autre que soi, cela n'avait aucune explication scientifique, du moins à ce jour. Bien au contraire. Lilas m'avait révélé que la fameuse montre se trouvait dans un tiroir caché du bureau de mon père. J'étais certain que cette phrase m'était destinée… Elle avait dit mon prénom et tout coïncidait. Je me remémorais alors la maison de mes parents et le bureau paternel. Il avait plusieurs meubles dans lesquels il rangeait ses affaires. Affaires professionnelles dans le grand bureau moderne avec angle pour l'ordinateur. Impossible de trouver dans ce genre de mobilier un tiroir secret. En revanche, il possédait aussi un secrétaire de style Louis Philippe qu'il avait installé dans sa chambre. Il y rangeait tous les documents personnels. Il utilisait les grands tiroirs pour les photos de famille. Ainsi ma mère m'avait quelquefois montré des albums où je m'étais retrouvé, ainsi que mes frères, sur des photos un peu défraîchies, en train de faire des châteaux de sables lors de nos vacances d'été sur la plage d'Arcachon. Je me dis alors que seul ce meuble pouvait posséder un tiroir secret. Mais il faudrait que je tire cette affaire au clair et le plus tôt possible. Je tentais de retrouver mon calme et j'essayais de me rendormir, remontant la couverture jusque sur mes épaules. Il restait encore quelques milliers de km à parcourir avant notre arrivée à Singapour.

Le brouhaha provoqué par la distribution du dernier repas servi dans l'avion me réveilla. L'hôtesse était déjà devant moi et je dus choisir rapidement un petit déjeuner assez bizarre puisqu'il était composé à la fois de jus d'orange/gâteaux et de poulet/nouilles épicé. Je compris rapidement que le soir allait tomber sur Singapour où nous allions arriver dans une heure et que ce repas se voulait adaptable, au choix de l'appétit du voyageur.

J'échangeais à nouveau quelques mots avec Lilas car j'avais envie de savoir, malgré moi, où elle allait se rendre exactement lors de son séjour à Bali. L'envie d'en découvrir plus sur elle et sur ses activités que je considérais désormais avec un peu plus de sérieux avait pris le dessus sur ma raison. Je ne pouvais m'empêcher de vouloir à tout prix comprendre de façon la plus rationnelle possible ce qui avait bien pu se passer et je ne voulais surtout pas l'informer de sa somniloquie. Je la questionnais donc très ouvertement sur son futur séjour, lui demandant des précisions sur le programme et les lieux d'hébergement. Elle parut surprise par mes questions, un peu gênée, craignant d'être jugée sur le côté irrationnel de certaines disciplines. De mon côté, je bredouillais un peu mais pour la rassurer sur mes intentions, je lui dis tout simplement que j'étais d'un naturel curieux et que je m'étais souvenu d'un confrère m'ayant parlé d'intervenants en hypnose au sein de l'hôpital. Je lui inventais donc que j'avais eu envie, depuis notre précédente discussion, de profiter de mon séjour en Asie du Sud Est pour m'instruire sur ce genre de sujet. Je pense qu'elle fit semblant de me croire, surtout lorsque j'exprimais l'envie d'en savoir plus sur son stage, et elle me montra d'un air un peu craintif la brochure intitulée « Germe de Conscience Bali », avec photos et explications sur le programme « Aux sources de la méditation ». Elle s'aperçut alors qu'elle avait le prospectus en double et accepta de m'en céder un exemplaire. Avec un sourire de connivence que je venais de m'inventer, je lui dis que peut-être, pourquoi pas, je pourrais être intéressé mais que malheureusement mon emploi du temps ne me permettrait certainement pas une telle évasion. La grande différence d'âge entre nous me laissait complètement ma spontanéité et mon naturel dans cet échange car à aucun moment depuis le début, à part de la courtoisie, il n'y avait eu le moindre signe de séduction ni dans nos gestes ni dans nos paroles, d'un côté comme de l'autre.

Lilas devait avoir la soixantaine quand j'en avais juste quarante et un. Toutefois, je devais m'avouer que je la trouvais vraiment agréable à regarder, très douce et je pensais qu'elle avait dû être une belle femme dans sa jeunesse.

En fait, je n'avais pas du tout envisagé de la rejoindre et de participer à un quelconque séminaire d'illuminés. J'allais à Singapour pour des raisons professionnelles et j'avais juste décidé de joindre l'utile à l'agréable en m'autorisant quelques journées découvertes touristiques. Mon emploi du temps là-bas était tout de même assez souple. J'avais juste 2 interventions à effectuer moi-même les premiers jours, le reste du temps, j'avais prévu de suivre assidûment les conférences de deux autres médecins. Je voulais aussi visiter Singapour bien sûr, le quartier chinois, indien, la marina.... Je n'avais pas pris de décision quant à l'organisation de ces journées de balade mais je savais que j'aurais du temps. Je me promis surtout de me calmer et de relativiser cet incident bizarre en arrivant. J'allais appeler Claire en rejoignant l'hôtel et une conversation avec elle aurait au moins le mérite de me remettre les pieds bien sur terre. En calculant le décalage horaire, je compris qu'il faudrait que j'attende les 21 heures locales pour ne pas la déranger. Nous étions proches de l'arrivée. Nous survolions maintenant la mer, il faisait encore jour, l'avion avait commencé sa descente depuis plus de 45 minutes. Je voyais naviguer d'énormes bateaux porte-containers qui se faisaient de plus en plus nombreux en approchant de l'immense port de Singapour que nous allions dépasser. L'avion se posa bientôt en douceur sur la piste et s'immobilisa enfin. Lilas et moi nous saluâmes très cordialement. Elle fila rapidement car sa correspondance pour Bali ne lui laissait que très peu de battement. Je suivais des yeux sa silhouette qui s'échappait vite. Repérable de loin grâce à son manteau rouge et à ses cheveux blonds, je la vis se retourner une dernière fois vers moi au moment où elle sortait de l'avion. L'aéroport Changi de Singapour me surprit. J'étais fatigué certes mais encore assez réveillé pour faire attention à mon environnement. Le tapis roulant qui me ramenait dans le hall central était encadré de rambardes garnies de jardinières débordant de fleurs blanches retombantes. C'était déjà un décor surprenant. J'arrivais enfin au bout du couloir et je découvris à l'entrée du hall une multitude de bacs à fleurs disposés en cercles, remplis de magnifiques orchidées violettes et blanches, aux couleurs veloutées ... J'en touchais une, car il me semblait impossible qu'elles fussent véritables. A ma grande surprise, je m'aperçus que ces fleurs étaient bien réelles, tout comme la cascade que j'entendais depuis un moment et qui était dressée devant moi maintenant au milieu des fleurs et de l'immense salle des arrivées. J'étais impressionné et je restais quelques instants, immobile à regarder ces jets d'eau et ce magnifique décor tout à fait inhabituel pour un endroit aussi fréquenté. Le bruit de l'eau, les fleurs élégantes qui ornaient l'ensemble paraissaient surnaturels. Je savais que Singapour était une Cité État très riche, très moderne mais aussi très règlementée. L'interdiction de fumer et même de mâcher du chewing-gum était rappelée sur quelques écriteaux discrets. Je me retrouvais dans la file d'attente pour passer les contrôles de douane. Après un petit quart d'heure de patience et après avoir récupéré ma valise, je sortais enfin de l'aéroport pour me diriger vers la station de taxis. Une chaleur pesante et humide me surprit alors. Cela tranchait vraiment avec le froid que je venais de quitter à Paris. Quelques instants plus tard, après m'être débarrassé de mon encombrant manteau, je me retrouvais en tee-shirt, installé au fond de la Toyota qui m'emmenait sur l'autoroute. J'aperçus alors la silhouette moderne et imposante de cette ville. Le soir tombait, le ciel ocre et rougeoyant envoyait encore quelques rayons de soleil couchant sur les hauts gratte-ciels sombres qui avaient commencé à allumer quelques lumières. Le trafic relativement fluide me permit d'arriver en une demi-heure seulement devant mon hôtel. Une foule assez dense se pressait sur les trottoirs, je voyais essentiellement des Chinois, malais, indiens et de temps à autres quelques européens qui se pressaient devant les centres commerciaux. J'avais choisi de séjourner au Hilton pour être en centre-ville, sur Orchard Road. Cela me permettrait de ne pas perdre de temps en transports pour me rendre sur les lieux de conférences puisqu'elles auraient lieu dans l'hôtel lui-même, de profiter d'un confort assuré mais aussi de goûter à l'ambiance du centre-ville très animé. Ma chambre était luxueuse, avec un lit King size et une salle de bains en marbre, mais elle était assez impersonnelle. C'est toujours le cas dans ce genre d'établissement appartenant à une chaîne internationale. Cela a l'avantage de laisser au visiteur qui arrive un semblant d'occident, il a l'impression de continuer à vivre dans son décor habituel. Le dépaysement se trouvait à l'extérieur. Je regardais à nouveau ma montre que j'avais mise à l'heure avant d'atterrir. Il était tout juste 19 heures. Je ne pouvais pas encore appeler à la maison. Claire devait être au même moment très occupée avec les jumelles Estelle et Charlotte. Petit déjeuner, douche, révision des cartables, puis route vers l'école. Elles faisaient ma joie mes deux petites filles. Je pris une douche, puis m'habillais avec les vêtements d'été que j'avais emmenés. Je décidais d'aller goûter un peu à l'exotisme de cette ville. Il faisait déjà nuit. Je descendais d'un pas assez rapide Orchard Road, beaucoup trop animé pour moi en ce soir de décembre pour me diriger vers un endroit plus calme et plus typique dans l'espoir de prendre un léger repas. Un Tuk Tuk s'étant arrêté à ma hauteur, son conducteur me proposa de m'emmener. Il me déposa à quelques kilomètres seulement de l'hôtel, mais l'ambiance y était très différente. Loin du tumulte causé par la circulation et des devantures gigantesques et modernes du centre, j'étais dans un quartier beaucoup plus typique. Je m'avançais dans une rue étroite et très animée, totalement encombrée de part et d'autre, de tables et de chaises appartenant à des restaurants installés côte à côte. J'avais l'exotisme mais pas vraiment le calme. Je voyais affiché régulièrement, comme une incitation à s'asseoir dans leur établissement, la photo d'un plat qui m'intriguait. Une grosse tête de poisson peu avenante. Je finis par m'installer à une table et on m'apporta le menu. Sur la première page je découvris le nom du plat. Il s'agissait du Fish Head Curry. Non merci fut ma première pensée, mon premier réflexe. Plat apparemment d'origine indienne, la tête de poisson, généralement rouget ou mérou, baignait sur la photo dans une sauce jaunâtre, sûrement le curry. Je commandais à la place du Chicken rice. La photo rendait ce plat plutôt appétissant. Apparemment spécialité de l'île de Hainan, au sud de de la Chine, je voyais sur l'image des lamelles de ce qui devait être le poulet, accompagné de riz. Le descriptif du plat, écrit heureusement aussi en anglais parlait de piment, de gingembre et de soja. J'étais heureux de pouvoir profiter enfin d'un moment pour moi. Je buvais la bière que le serveur venait de m'apporter tout en regardant mon environnement. Cette population de locaux agrémentée de temps à autres de quelques touristes déambulait dans la rue, bruyante et animée où dominaient des sons, des voix, des mots de consonance asiatique et des odeurs d'épices et de friture. Je me sentais loin de tout face à moi-même. Mon père venait de nous quitter. Je ressentis un soudain moment de grande tristesse mais il fut interrompu lorsque je revis tout-à-coup devant moi le visage de Lilas, son regard, son sourire inscrits dans ma mémoire. Qui était cette femme ? Pourquoi avait-elle attiré mon attention dès le salon Air France à Paris ? Pourquoi m'avait-elle parlé de la montre de mon père, comme si c'était lui qui s'exprimait par sa voix ? D'ailleurs, cette montre... Il fallait que j'en ai le cœur net le plus vite possible. J'appellerai Claire bien sûr en rentrant à l'hôtel, mais j'appellerai ma mère aussi. Prétextant l'informer des bonnes conditions de mon voyage et l'assurer que tout allait bien, j'essaierai de parler du meuble secrétaire de mon père. Je ne savais pas encore comment j'allais m'y prendre, mais je décidais soudain de revenir dans l'ici et maintenant pour profiter de ce plat qui finalement avait des saveurs raffinées même si assez épicées. J'étais fatigué, je manquais de sommeil et après avoir terminé mon repas, je trouvais plus raisonnable d'écouter ma soirée pour aller tenter de dormir malgré le décalage horaire. Je repris un Tuk Tuk qui me ramena à mon hôtel.

Claire venait de rentrer de l'école où elle avait déposé les filles. Elle fut ravie d'entendre ma voix et d'apprendre que mon voyage s'était vraiment bien déroulé. Après l'avoir un peu questionnée sur sa soirée de la veille qu'elle avait passée sans moi, et après avoir échangé quelques banalités, nous raccrochâmes presque en même temps le combiné, non sans un « je t'aime bisous » de rigueur. J'allais composer le numéro de ma mère mais je m'arrêtais après l'indicatif. Qu'allais-je lui dire ? Lui parler directement du secrétaire, du tiroir secret, de la montre ? Cela allait lui paraître très bizarre. Je pars en voyage professionnel et j'attends d'être au bout du monde pour lui poser une question à ce sujet. Non, il faudrait que je sois patient et que j'attende de revenir chez moi pour aller voir par moi-même. Toutes ces questions se mélangeaient dans ma tête.

Ma nuit fut agitée. Je n'arrivais pas à trouver le sommeil malgré la fatigue. Les lumières des néons de la rue filtraient de chaque côté des rideaux occultants que j'avais pourtant tirés au maximum. N'y résistant pas, au bout d'un moment je me levais pour regarder dehors. La vie nocturne sur Orchard Road s'était calmée. Il restait quelques passants à cette heure tardive, quelques noctambules et de temps en temps j'apercevais quelques professionnelles du trottoir. J'avais remarqué qu'il y en avait beaucoup pour un quartier touristique assez chic, mais j'avais pu voir aussi en traversant la ville que les salons de massage foisonnaient dans cette ville. Je me dis que cela correspondait avec une certaine réputation attribuée à ces grandes villes asiatiques. Un instant, je me sentis apaisé, comme rassuré de voir la vie réelle. Mes pensées et sensations, dans un demi sommeil, m'avaient entraîné dans un monde irrationnel qui me dérangeait terriblement. De toutes façons, il fallait que je retrouve mon calme et mes esprits. Dès demain débutait le symposium et je voulais à tout prix assister à une conférence dont le sujet m'intéressait énormément. C'était à 14h. A 16h30 ce serait mon tour. J'étais rassuré sur ce point car j'avais vraiment tout préparé avec minutie. Je me rendormis, pour de bon cette fois.

Le lendemain matin, après un petit déjeuner continental assez copieux, je regagnais ma chambre lorsque quelqu'un m'appela :

- Nicolas, c'est toi ? Nicolas Clermont, pas possible !

Surpris, je me retournai aussitôt et je reconnus Luc Ballant, un confrère dont j'avais fait la connaissance quelques mois plus tôt lors d'une conférence à Ottawa.

- Ça alors, me dit-il, tu es venu toi aussi ? Super non, un symposium à Singapour, ça nous fait voir du pays la chirurgie cardiaque ?

- J'avoue que je ne suis pas mécontent moi non plus de venir jusqu'ici, lui répondis-je.

Après avoir échangé tous les deux pendant quelques minutes sur des détails du symposium, nous décidions de nous retrouver vers 10h au rooftop de l'hôtel qui avait le gros avantage d'être équipé d'une piscine. Nous avions toute la matinée de libre, autant en profiter pour se détendre.

Lorsque j'arrivai au dernier étage de l'hôtel, je me dirigeai vers l'extérieur pour rejoindre la piscine. J'aperçus alors de loin Luc, installé sur un transat au bord de l'eau, en train de discuter avec un autre homme plus âgé. La porte en verre s'ouvrit et je fus soudain happé par l'air chaud et humide qui tomba sur moi. Une vue panoramique à couper le souffle s'étendait à 180 degrés. C'était très impressionnant de découvrir cette mégalopole depuis le ciel, ou plutôt depuis le toit du Hilton. Il faisait très beau, le ciel était d'un bleu intense et j'appréciais ce moment, heureux de me retrouver au grand air, prêt à piquer une tête dans la piscine, en compagnie d'une connaissance. Mes préoccupations antérieures commençaient à s'effacer et j'en étais soulagé.

Luc m'interpella et m'invita à le rejoindre. Je m'installais à mon tour sur un transat et il me présenta l'homme avec lequel il était en train de discuter.

- Joël Vigan, un ami de longue date, me dit-il. Il est ici pour affaires et nous avons décidé de faire un petit séjour à Bali. On part dans deux jours. Qu'en dis-tu ? Tu viens avec nous ?

Je les regardais tous les deux, un peu surpris ne sachant que dire tant la question me sautait à la figure. Je souriais pour me donner une contenance et je répondis que j'allais réfléchir.

- Fais vite, me dit le fameux Joël, car nous avons réservé des chambres à Jimbaran, dans un hôtel sur la plage et il ne reste que très peu de disponibilités. Pour l'avion c'est pareil, il ne faut pas traîner pour réserver.

- Que vas-tu faire ici tout seul, continua Luc ? Tu interviens cet après-midi, demain matin, puis tu es libre non, d'après ce que j'ai cru comprendre ?

Je me trouvais presque au pied du mur. Oui j'avais subitement très envie d'aller à Bali et bien sûr, je pensais immédiatement à Lilas qui participait à un stage là-bas. Je leur dis que d'ici midi j'allais prendre ma décision. Ils me donnèrent les coordonnées de l'hôtel à Jimbaran, de même que celles de la compagnie aérienne. J'avais chaud subitement, j'étais à nouveau un peu secoué par une telle coïncidence et je décidais de plonger dans l'eau fraîche pour m'étourdir un peu et me donner une marge de réflexion. La matinée passa très vite. Joël était très sympathique, un peu plus âgé que nous deux. Il m'expliqua qu'il travaillait dans l'import-export avec l'Asie. Il venait assez souvent à Singapour, connaissait surtout la Thaïlande et avait prévu justement d'essayer d'étendre son réseau jusqu'à Bali. Une première approche touristique l'avait tenté, d'autant qu'il avait retrouvé Luc pour l'accompagner. Ma décision ne tarda pas puisque je fis semblant d'être convaincu par leurs arguments alors que finalement j'avais décidé d'aller à Bali dès qu'ils m'en eurent parlé. Je voulais à tout prix me voiler la face mais je restais perplexe pour ne pas dire perturbé par les révélations troublantes de Lilas au sujet de la montre de mon père. Il suffisait qu'une opportunité se présente pour que cette histoire me poursuive malgré moi, et c'était bien le cas. En allant à Bali, j'aurais à nouveau l'occasion de rencontrer Lilas et peut-être, me dis-je, lui révèlerai-je l'incident. Il valait mieux être clair, ne pas mentir sur mes véritables intentions.

Ayant du mal à cacher mon enthousiasme auprès de mes amis, je rentrais dans ma chambre en fin de matinée pour m'occuper de toutes les formalités nécessaires à ce voyage et je leur promis de les rejoindre au restaurant de l'hôtel, l'Opus Bar & Grill à midi. Lorsque je les retrouvais un peu plus tard pour le repas, je leur confirmais ma participation à cette petite excursion inopinée jusqu'à l'île des Dieux.

Les deux jours qui restaient passèrent très vite. Entre les conférences qui s'enchaînaient, mes deux interventions que j'avais pris soin de bien réviser, les coups de fils à Claire le soir pour prendre des nouvelles de ma petite famille, j'avais l'esprit hyper occupé et cela me convenait très bien. J'évitais ainsi de penser à la suite de mon programme. Je profitais d'un après-midi un peu moins intense pour me rendre au quartier chinois car j'avais à cœur de visiter un peu de Singapour. J'avais informé Claire de mon projet d'escapade à Bali avec mes deux compères et elle avait bien digéré la nouvelle. Elle comprenait parfaitement qu'une telle opportunité n'allait pas se représenter de sitôt et elle m'avoua qu'elle en aurait fait autant si elle avait été à ma place.

CHAPITRE 3

Nous arrivâmes tard à notre hôtel. L'avion avait pourtant atterri vers 17h à l'aéroport international de Denpasar mais d'énormes embouteillages nous avaient retardés. Le taxi qui nous emmenait se faufilait pourtant hardiment et prenait des raccourcis. Mon ami Luc était installé à l'avant, à côté du chauffeur, et j'étais assis à l'arrière avec Joël. Ce petit homme un peu ventru qui devait avoir la cinquantaine avait l'air très débrouillard. C'était lui qui nous avait proposé l'hébergement. Il avait en fait choisi le Pink Coco à Uluwatu, un hôtel pour adultes. Le calme serait garanti, pas d'enfants. Il était situé après Jimbaran, au sud de l'île. Uluwatu était surtout renommé pour son temple construit au sommet d'une falaise à pic. L'endroit attirait aussi beaucoup de surfeurs aguerris puisqu'il leur était possible de profiter à certaines périodes de l'année de vagues tubes. En tout cas, j'étais heureux de m'installer dans ma chambre, couleur rose, comme l'ensemble du bâtiment, vers vingt-deux heures, après un léger repas pris tous ensemble en arrivant à l'hôtel.

J'essayais d'appeler Claire avant de me coucher mais sans succès. Visiblement les lignes téléphoniques internationales ne passaient pas toujours depuis cet endroit un peu reculé de la planète car je n'y arrivais pas non plus avec mon téléphone portable. Je me contentais de lui adresser un texto assez succinct qu'elle découvrirait bien à un moment donné mais peut-être bien plus tard. Ma chambre était décorée élégamment et mon lit, recouvert sur toute sa partie basse par un bandeau de tissu en batik très beau était encadré par un baldaquin de moustiquaires. Je me couchais de suite, non sans avoir sorti de mon sac au préalable le prospectus que m'avait donné Lilas dans l'avion. J'y jetais un coup d'œil rapide, juste pour me donner une idée de l'endroit où elle devait être au même moment sur cette île. D'après le programme, elle devait séjourner à Ubud jusqu'au début de la semaine prochaine. C'était un peu éloigné de Uluwatu mais je me dis que les hôtesses à l'accueil de l'hôtel me donneraient dès demain matin tous les renseignements nécessaires pour me déplacer. Je justifierai mon départ en solitaire auprès de mes collègues, en trouvant un quelconque prétexte. J'ignorais lequel mais je ne voulais pas que cela m'empêche de m'endormir car j'étais vraiment crevé. Nous avions quitté le Hilton de Singapour à toute vitesse après une dernière apparition au symposium. Nous avions réussi à arriver à l'heure à l'aéroport pour pouvoir embarquer mais, cela avait été tout de même une course contre la montre. Bref, j'étais heureux que tout se soit bien passé mais je voulais vraiment récupérer à présent. Je m'enfonçais rapidement dans le sommeil, le cœur heureux à l'idée de profiter de ces quelques jours de vacances.

Comme je l'avais espéré, une charmante hôtesse me donna dès le lendemain matin les prospectus nécessaires à mon excursion jusqu'à Ubud. Je pris un maximum de documentation pour montrer à mes amis que j'avais l'intention de bouger pendant les jours à venir. Ils furent surpris par mon initiative car ils partageaient tous deux l'unique projet de se détendre au bord de la piscine de l'hôtel et de visiter les sites les plus proches. Ils se mirent à regarder à leur tour, l'un après l'autre les documents que j'avais posés près de moi sur la table où nous prenions notre petit déjeuner. Je les entendis faire des commentaires intéressés, regarder les itinéraires, les photos de temples, les images montrant les rizières. Je fus soudain désarçonné. Je n'avais pas du tout prévu de les emmener avec moi. Leur compagnie m'était bien sûr très agréable mais comment leur expliquer que je devais me rendre à Ubud absolument dès le lendemain et comment les abandonner sans éveiller de soupçons. Je l'ignorais et je commençais à m'agacer de la situation. Nous étions installés dans une salle à manger à ciel ouvert, sous les cocotiers dans cet hôtel magnifique où la couleur rose dominante sur les murs et le décor tranchait avec le blanc du mobilier et le bleu de la mer que l'on apercevait au loin. Je fus pris tout d'un coup d'un sentiment d'abandon et de tristesse. Pourquoi Claire n'était-elle pas avec moi ? J'aurais tant voulu partager ce magnifique endroit avec elle. Elle aurait su quoi faire, elle m'aurait rassuré. Elle aurait certainement minimisé un incident qui sans doute était juste une coïncidence. Mais je ne pouvais absolument pas lui en parler, surtout au téléphone. Elle n'aurait pas pu imaginer, se mettre à ma place et comprendre à quel point tout cela me remuait intérieurement. La montre de papa était quelque chose de tellement plus pour moi qu'un instrument d'horlogerie, qu'un bijou, aussi précieux soit-il... Et ce message avait tellement l'air d'être un véritable message. Tout cela avait un sens quoi !

- Nicolas, Houhou... Y-a quelqu'un ? me dit soudain Luc, me faisant sortir de ma rêverie

- Oui, t'inquiète, lui répondis-je, un peu troublé, confus d'avoir été surpris dans des pensées que je voulais avant tout cacher à mon entourage

- Luc et moi étions en train de dire que finalement nous avons décidé de rester dans le coin me confia Joël. Nous n'avons que très peu de temps pour visiter une île aussi grande. Tant pis, on ira bien sûr jusqu'à Kuta faire un tour, et on se contentera de visiter le sud pour cette fois. De toutes façons j'aurai pour ma part l'occasion de revenir puisque je veux établir des contacts professionnels ici.

- J'ai un petit projet, annonçai-je, j'ai décidé d'aller jusqu'à Ubud dès demain. J'ai bien regardé le prospectus concernant cette ville et j'ai très envie de la voir ainsi que les rizières en terrasse. J'ai la carte de visite d'un taxi qui pourrait m'y emmener, je vais le contacter tout-à-l 'heure. Je fais un saut là-bas, j'y passe une nuit et je reviens vous retrouver pour un retour commun dimanche vers Singapour.

- Ok, pas de souci, me dit Luc mais tu vas faire pas mal de route en peu de temps. « Ah, le voyage en solitaire » fredonna-t-il sur l'air bien connu d'une vieille chanson de Gérard Manset. Il poursuivit : Nous on a juste envie de se détendre. Joël est assuré de revenir mais pour ma part, je pense que je referai le voyage avec ma femme dès que possible. On s'y prendra bien à l'avance pour préparer un itinéraire et des visites, et on prendra une bonne dizaine de jours pour tout voir.

- Oui, tu as raison ajoutais-je. J'aimerais bien revenir moi aussi avec Claire. Mais bon, je n'ai pas toujours un emploi du temps aussi souple que je le souhaiterais. L'hôpital me prend ma vie, dis-je en riant. Donc, je prends de l'avance !

Notre discussion se poursuivit au sujet de la suite de notre journée. Nous étions proches de Uluwatu et de son temple qu'il nous fallait absolument voir. Nous nous donnâmes rendez-vous une demi-heure plus tard pour un départ en taxi vers cette destination. La voiture arriva avec cinq petites minutes de retard. Sur la route, j'en profitais pour découvrir le paysage. Nous étions arrivés la veille, de nuit et tout ce que je découvrais à présent était vraiment nouveau pour moi. Sur la route circulaient de nombreux deux-roues, mobylettes et scooters en tout genres, transportant rarement un seul passager mais parfois des familles avec les enfants juchés entre les parents. Personne ou presque ne portait de casque. Le ruban d'asphalte sur lequel nous roulions serpentait dans une nature luxuriante et la conduite à gauche finissait de vraiment me dépayser. De temps à autres nous dépassions des groupes d'écoliers souriants, tous habillés d'un uniforme rouge. Je pensais à Estelle et Charlotte. Je prévoyais pour mes filles un bel avenir, du moins je l'espérais. Qu'espéraient ces parents, ces indonésiens ici, pour leurs enfants ? Quel avenir vivraient-ils ? Seraient-ils au moins préservés de la maladie, de la malnutrition ? Bali était une île très touristique et on pouvait entrevoir, au moins pour une grande partie de la population un futur assez rassurant mais... pourquoi des enfants peuvent-ils vivre des vies à ce point différentes, les uns nantis, les autres bien désavantagés et d'autres très miséreux. J'étais dans mes réflexions, d'une banalité affligeante mais pourtant saisissantes devant la vision de la réalité, lorsque je fus interrompu.

- On arrive bientôt dit soudain Luc.

J'étais resté dans mes pensées et je n'avais pas réalisé que nous étions proches du temple. Un grand panneau vert juché au-dessus de la route indiquait Pura Uluwatu. J'avais lu sur les prospectus que Pura était le mot indonésien pour désigner un temple. Un autre signe de ce lieu touristique recherché était la présence de boutiques de souvenirs et de restaurants le long de la route qui s'était élargie. Une guérite avec une barrière que nous franchîmes, contrôlait l'entrée du site. La voiture continua jusqu'au parking où elle s'arrêta non sans avoir cherché une place pendant quelques minutes. La chaleur nous surprit à nouveau en quittant la voiture climatisée. De marchands locaux nous attendaient pour nous proposer des sarongs en batik, indispensables pour entrer dans un temple. En effet dans la tradition Hindouiste, le corps est considéré comme un microcosme. La tête est la partie la plus pure. Le tronc est une partie considérée comme neutre mais le bas du corps, de la taille jusqu'aux pieds, est considéré comme impur, proche du sol où dorment les démons. Il est donc indispensable de s'entourer de ce morceau de tissu en le nouant à la taille. Le chauffeur qui nous accompagnait nous précisa que nous pouvions aussi emprunter un sarong pour entrer et le rendre à la sortie, sans obligation d'achat. Je me décidais quand même à en choisir un pour le ramener en souvenir et l'offrir à Claire à mon retour. Celui que je choisissais était vert, je savais que mon épouse affectionnait cette couleur. Après avoir gravi 3 marches et passé une sorte de porte en pierre, nous continuâmes d'avancer sur une allée piétonne très large et encadrée d'arbres immenses. Un écriteau nous prévenait de la présence de nombreux singes sur le site et de la nécessité de mettre à l'abri lunettes, chapeaux et téléphones portables pour se protéger du chapardage de ces macaques. Nous débouchâmes sur une grande esplanade et j'aperçus alors l'entrée du temple. Un couloir étroit entouré de murs en pierre y conduisait. Des marches supplémentaires encadrées de part et d'autre par des statues puis par des bougainvillées touffus et fleuris nous permirent d'arriver tout au sommet. Là-haut, le spectacle était saisissant. Nous étions complètement à flanc de falaise, et l'extrême Est de l'Océan Indien nous faisait face. A l'autre bout, je savais que l'Australie pointait sa côte nord. Le couloir en pierre se poursuivait le long de la falaise avec des marches montantes ou descendantes permettant de suivre le relief. Je l'apercevais à perte de vue. Les singes étaient partout, bien présents, certains vraiment plus gros que les autres pouvaient se faire menaçants pour leurs congénères. La rambarde en pierre sur laquelle nombre d'entre eux se trouvait était imposante et sécurisait le site. Les macaques sautaient dessus sans la moindre crainte du vide en dessous d'eux. Je pris quelques photos avec mon téléphone portable que je m'empressais de remettre dans mon sac à dos après utilisation. Le bleu du ciel se confondait avec le bleu de l'océan. En baissant ma tête par-dessus la balustrade j'aperçus l'écume blanche des vagues qui s'écrasaient au pied de la paroi. Derrière moi, se tenait le temple avec ses trois toits typiques, comme empilés les uns sur les autres, se rétrécissant au fur et à mesure de la hauteur et incurvés aux quatre extrémités, ses piliers, ses statues. L'endroit fourmillait de visiteurs du monde entier. Joël et Luc me rejoignirent au moment où je photographiais un gros singe. Nous décidâmes de prendre notre temps pour profiter au maximum de ce paysage et de la beauté de ce lieu incroyable. Après être repassés à l'hôtel et y avoir pris notre repas de midi, nous finissions l'après-midi et la soirée sur la plage de Jimbaran. Je regagnais ma chambre, la nuit venue, heureux de cette journée bien remplie, un peu vanné et regrettant de n'avoir pas pu partager ces moments avec mon épouse. Demain serait un autre jour puisque j'avais décidé de me rendre seul en taxi jusqu'à Ubud dans l'espoir de retrouver l'étrange Lilas. Je repassais dans ma tête le moment où elle m'avait parlé dans son sommeil et où elle avait même prononcé mon prénom. Je me souvenais de son visage endormi, de son souffle régulier. Non, elle ne s'était rendue compte de rien. Que pourrais-je savoir de plus ? Je me disais que mon entreprise du lendemain était hasardeuse voire complètement inutile. Je me rassurais en regardant sur les livrets publicitaires les photos des rizières en terrasse de la région d'Ubud. Finalement mon excursion en solitaire serait peut-être juste touristique. D'ailleurs je ne connaissais même pas le nom de famille de Lilas. En me rendant sur son lieu de stage, je pensais tout de même être certain de la retrouver.

« Ubud, située sur les hauts plateaux de Bali en Indonésie, est une ville réputée pour son artisanat et ses danses traditionnels. La forêt tropicale et les rizières en terrasse parsemées de temples et de sanctuaires hindous entourant le district d'Ubud font partie des paysages les plus célèbres de Bali ». Je relisais une dernière fois le dépliant que m'avait donné l'hôtel lorsque je vis mon chauffeur de taxi arriver. Il était très sympathique, parlant heureusement quelques mots d'anglais. Il me dit de l'appeler par son prénom, Nur. Je montais dans son véhicule, prêt à partir pour l'aventure Ubud. D'après lui, nous aurions environ une heure et demie de route. La circulation autour de Denpasar était très dense et finalement nous arrivâmes vers midi. Toujours les mêmes deux-roues sur la route, les enfants en uniforme qui sortaient des écoles et des temples, partout, le long des routes et au cœur des villages que nous traversions. Bali est surnommée l'île des Dieux, il faut croire que son nom est mérité puisqu'il y est prié ici encore plus qu'ailleurs, pensais-je en dépassant en voiture un nouveau temple. Beaucoup de ces édifices me surprenaient. En effet, ils étaient tous harnachés de tissus imprimés à carreaux noirs et blancs, ce qui d'après mon chauffeur représente le bien et le mal. De même, à l'entrée des temples, mais aussi

des maisons, de la plus humble à la plus grande et même à l'entrée des magasins, je remarquais des offrandes posées à même le sol. Constituées de petits paniers tressés, ils contenaient soient des pétales de fleurs, soit des fruits. Je trouvais vraiment cette île très charmante, avec des habitants apparemment pacifiques et bienveillants, accueillant les touristes de façon cordiale. Je me souvenais que ce pays, constitué d'une multitude d'îles et s'étendant sur des milliers de kilomètres dans l'Océan Indien, était à majorité musulmane à part Bali hindouiste. J'avais confié au chauffeur l'adresse du lieu où le stage de Lilas était programmé. Nous entrâmes dans Ubud. Tout était très différent ici.

CHAPITRE 4

Liliane était en pleine séance de méditation. Arrivée depuis deux jours à Ubud, elle avait découvert avec bonheur sa chambre au Made Cottage. C'était à la fois le lieu du stage et d'hébergement. Cet hôtel accueillant se situait dans la rue principale d'Ubud, en plein centre-ville, non loin de la fameuse forêt des singes. Comme toutes les chambres, la sienne était décorée à la balinaise et son grand lit était pourvu sur la largeur inférieure d'un batik aux couleurs chatoyantes qui tranchaient sur la couette blanche. Les murs et le plafond clairs faisaient ressortir le mobilier en teck et les différents éléments du décor en bambou et paille de riz tressée. Elle n'était pas très grande ni très luxueuse mais, offrait un confort et un calme propices à l'introspection et au repos. Située à l'étage du bâtiment, elle proposait un balcon en bois qui s'ouvrait en contrebas sur un patio luxuriant. Des petits palmiers, bananiers et autres grandes plantes exotiques semblaient remplir l'espace alors que des transats de couleur rouge étaient disposés de ci de là, comme des taches florales autour d'une petite piscine ronde au bleu profond. A son arrivée, Liliane s'était retrouvée dans un autre monde, dépaysée et apaisée. Elle avait apprécié ce décor soigné et naturel, ravie de se poser enfin après le voyage long et éprouvant qu'elle venait de vivre. Bien sûr, les conditions étaient plus que remplies pour que le vol se soit passé dans d'excellentes conditions. Elle s'était offert une place en classe business sur le Paris/Singapour. Elle avait dû pour cela utiliser un peu de ses économies mais avait-elle eu le choix ? De même, cet hôtel et ce stage lui coutaient cher mais elle estimait vraiment avoir besoin de se faire accompagner pour se retrouver avec elle-même en cette période moralement difficile.

- « L'amour est un état... L'amour n'est pas à l'extérieur mais au plus profond de vous.... Il est en vous... il est indissociable de vous à tout jamais... Il ne dépend pas de quelqu'un d'autre, d'une forme extérieure... »

Elle écoutait Laurent attentivement, s'accrochant à chaque mot qu'il prononçait lentement de sa belle voix grave. Laurent, c'était l'animateur principal du stage. Il devait avoir une quarantaine d'années, il était français et vivait à Bali. Il s'était montré très chaleureux et rassurant dès les premières minutes et Liliane lui avait accordé immédiatement sa confiance. Ils étaient tous rassemblés maintenant, assis en rond sur leurs coussins, dans le patio arrière de l'hôtel, autour d'un mini temple en pierre, garni d'offrandes et au centre duquel brûlait une grosse bougie. Chacun était dans son temple intérieur, à la recherche de sa propre lumière et cela était bien. Le silence devenait profond entre les mots et permettait une connexion avec soi et le monde. La voix s'arrêta. Liliane était déjà partie dans une sorte d'ailleurs où elle se sentait bien, particulièrement dans le non jugement. Le soulagement fut de courte durée puisque Laurent, par sa voix calme et posée, ramena tout le monde dans le présent conscient. Les uns après les autres, les participants ouvraient les yeux, s'étiraient, baillaient afin de reprendre leurs esprits. Se relevant en silence, ils regagnèrent leurs chambres. Celle de Liliane était située près de l'entrée, sorte de cour intérieure qui ouvrait sur la rue. C'est là qu'elle le vit ! « Nicolas… ». Cria-t-elle intérieurement, complètement bouleversée et le souffle coupé. Mais qu'est-ce qu'il fait là ? Que vais-je lui dire ? Qu'il est beau, touchant, magnifique ! En effet, Nicolas se tenait dans l'entrée de l'hôtel, il avait gravi les quelques marches en pierre, entourées de frangipaniers fleuris, qui s'ouvraient sur l'accueil. De loin elle reconnut sa silhouette. Il était grand, élancé et suffisamment musclé pour qu'on comprenne qu'il faisait du sport. Il était très reconnaissable à sa chevelure noire bouclée. Elle s'approcha et fit un effort pour masquer ses émotions en lui souriant nerveusement. A son tour il s'approcha et parut gêné.

- Bonjour Lilas. C'est peut-être un peu hardi de ma part, mais finalement, votre prospectus m'a convaincu et j'ai eu envie de vous rejoindre pour un essai à la méditation de pleine conscience. Le hasard m'a emmené à Bali avec des amis et je n'étais qu'à une heure d'Ubud… J'ai pris un taxi et me voilà.

- Vous avez très bien fait, lui répondit Liliane. Mais j'avoue que j'ai été surprise de vous voir. Je ne pensais pas que vous pousseriez la curiosité jusqu'à essayer ce genre de choses, pour vous, si cartésien j'imagine…

- Cartésien mais curieux quand même répondit-il en riant.

Il était radieux, il avait un sourire lumineux et un regard très expressif. Ils décidèrent de s'asseoir un moment à une table du bar sous le gazebo en bambou pour discuter. Il faisait chaud mais une petite brise légère donnait un peu d'air.

- Vous avez réservé une chambre à Ubud ? demanda Liliane

- Oui, juste pour une nuit répondit Nicolas. J'ai trouvé une chambre ici. Je repars demain après-midi retrouver mes amis à Uluwatu, au sud, puis nous rentrons en France via Singapour à nouveau.

- Ah très bien. Vous êtes donc disponible cet après-midi et demain matin ?

- Oui, pourquoi ? s'exclama-t-il avec un demi sourire. Vous avez un programme pour moi ? Yoga ? Méditation ? Hypnose ? Magie ?

- Oui, justement. C'est à cela que je pensais bien sûr, répondit Liliane en rougissant légèrement. Cet après-midi je peux demander à Laurent, notre animateur de vous intégrer au groupe de méditation « mindfulness » et demain matin, j'avais prévu d'aller me promener à pied dans les rizières. Peut-être accepterez-vous de m'accompagner… Je vois que vous avez de bonnes chaussures.

- Oh oui, avec plaisir dit Nicolas. C'est parfait. J'avais très envie de découvrir les rizières en terrasses et Ubud est réputé pour ce genre de paysage.

Il semblait tout content de cette proposition. Liliane regarda à sa montre. Il était déjà midi et demi.

- Je vais aller rejoindre mon groupe pour le repas dit Liliane avec regret. Je parle à Laurent de votre participation à la méditation de cet après-midi et on se retrouve à 15h ici ?

- Très bien, répondit Nicolas. C'est noté. A tout à l'heure précisa-t-il en se levant.

Liliane était en pleine effervescence intérieure. Elle ne s'attendait pas du tout à la visite de Nicolas ici. Bien sûr dans l'avion ils avaient un peu parlé et elle avait justifié son voyage auprès de lui en lui parlant de son séjour bien-être mais à aucun moment elle n'avait envisagé qu'il la rejoindrait... Elle était heureuse bien sûr de pouvoir continuer à le voir et parler avec lui... Il avait vraiment réussi sa vie, il avait une carrière prestigieuse... Elle était admirative mais elle voulait rester discrète sur sa propre vie et trop de proximité pouvait présenter un danger.

- Soto Ayam aujourd'hui ! Interrompit soudain Annie, une autre stagiaire française du groupe.

- Oui, bien sûr j'arrive, renchérit Liliane en se retournant, surprise et sortant de ses pensées avec regret.

Elle rejoignit le groupe et ils s'installèrent autour d'une grande table prévue pour eux, tout au fond du patio. Liliane s'empressa de demander à Laurent si le groupe de méditation de l'après-midi pouvait accepter un ami à elle, qui était de passage. Ce dernier accepta aussitôt et rassurée, elle se fit une place à la table, devant une assiette de Soto Ayam. Elle découvrit pour la première fois cette spécialité culinaire indonésienne. Beaucoup de nouveautés à la fois... se dit-elle en regardant l'assiette et en pensant aussi à Nicolas avec un petit sourire. Le serveur du restaurant expliqua au groupe l'origine de cette recette. Le

Soto Ayam est un plat indonésien mais d'origine chinoise. Soto désigne la soupe. Ayam signifie poulet en malais. Sachant que la langue indonésienne combine des expressions et mots provenant à la fois de Malaisie, Java, Pays-Bas, Angleterre, Portugal et autres... de par les nombreuses invasions et colonisations ayant eu lieu au cours de l'histoire de ce pays, le Soto Ayam est un plat tout autant multiple. Il s'agit en effet d'une soupe au poulet mais pouvant aussi inclure des nouilles chinoises, du soja, des légumes locaux et de nombreux épices tels que le gingembre, le curcuma, le lait de coco, la citronnelle, le cumin et tant d'autres, sans oublier l'œuf dur qui trône au milieu. Le Soto Ayam est un mélange de soupe liquide et d'aliments solides.

Tous les stagiaires furent unanimes et apprécièrent cette spécialité. Liliane se retira après le repas, seule dans sa chambre. Elle en avait vraiment besoin. Il fallait qu'elle se retrouve, qu'elle fasse un peu le ménage dans ses pensées, sentiments et appréhensions. Pourquoi Nicolas était-il venu jusqu'à elle. Bien sûr, dans l'avion elle lui avait parlé de son stage mais de là à imaginer qu'il viendrait la voir... Elle ne comprenait vraiment pas ce qui l'avait poussé et elle commençait à avoir peur. Évidemment elle n'avait pas peur de Nicolas mais des conséquences néfastes que pourrait avoir leur rencontre. Elle s'allongea un moment sur son lit, pria et s'endormit. Dans son court sommeil, elle vit apparaître des fantômes du passé, se sentit menacée et se réveilla en sueur. Non, non et non. Il fallait que Nicolas revienne à sa propre vie et surtout ne mentionne jamais auprès de qui que ce soit son séjour à Bali avec elle.

De son côté Nicolas était heureux d'avoir retrouvé Lilas. Il était satisfait d'avoir fait le déplacement car il n'était pas venu à Ubud pour rien. Elle était bien là où il espérait la trouver. Mais il ne savait pas comment aborder avec elle le sujet qui le préoccupait. Est-ce qu'elle parlait souvent en dormant ? C'était une question qu'on ne peut poser innocemment. Quoi qu'il en soit, il se dit qu'il repartirait en ayant son nom de famille, son adresse et son numéro de téléphone. S'il ne pouvait avoir de réponse ici à Bali, il finirait bien par en avoir une de retour en France, même s'il devait revenir la voir. Il trouverait bien un prétexte. Peut-être lui ferait-il même croire qu'il voulait continuer l'expérience de la méditation. Nicolas était prêt à tous les sacrifices pour arriver à ses fins. C'était quelqu'un de tenace et il savait que le plus souvent il finissait par gagner. Lilas bien sûr avait un âge mûr mais s'il ne pouvait faire penser au scénario d'une histoire d'amour, il pourrait toujours espérer créer une amitié entre eux. Il se reposa un instant sur son lit et après une mini sieste d'un quart d'heure, il partit se promener dans la ville. La rue principale était relativement étroite, encadrée d'immeubles à un ou deux étages. Cette ville était beaucoup plus authentique que ce qu'il avait vu jusque-là. Les trottoirs larges mais défoncés obligeaient les passants à être attentifs à chaque pas. De chaque côté de la rue, des échoppes en enfilade vendaient des robes, des sarongs, des statues en bois, en pierre, des poupées typiques, des bijoux en argent et des sortes de mini parasols multicolores très décoratifs, utilisés dans des cérémoniaux hindouistes. Nicolas était fatigué. La chaleur accablante en ce début d'après-midi n'encourageait pas à la promenade. Il rebroussa chemin et revint dans sa chambre climatisée se reposer un peu en attendant le rendez-vous avec Lilas. A 15h pétantes, il se rendit au bar de l'entrée. Il aperçut Lilas qui l'attendait. Il se dit alors qu'il allait clairement l'interroger habilement sur le rêve et ses conséquences.

- Je suis à l'heure dit Nicolas avec un petit clin d'œil

- C'est ce que je vois répondit Lilas avec un sourire. Bon j'ai interrogé Laurent. Aucun souci, vous pouvez venir avec nous à la méditation de cet après-midi. Mais je vous avertis, continua-t-elle, parfois, l'état second dans lequel on se trouve nous amène à des visions, à des clarifications ou prises de conscience qu'on n'avait pas forcément prévues. Dans tous les cas, ces expériences sont bénéfiques mais, c'est là que je vous mets en garde, on ne peut pas anticiper ce qui va se passer.

- Vous me faites un peu peur, répondit Nicolas, l'air sérieux. En fait il n'avait pas peur du tout. Il faisait mine de croire Lilas qu'il trouvait naïve.

Laurent conduisit le groupe sur un chemin qui démarrait au fond du jardin de l'hôtel. L'accès était caché par de la végétation et ils furent surpris de le découvrir. Le sentier était très étroit. Les stagiaires ne pouvaient marcher côte à côte. Ils étaient obligés de se suivre l'un derrière l'autre car de part et d'autre la végétation était très dense. Nicolas, après avoir été présenté au groupe avant le départ, marchait juste derrière l'animateur, en tête de file. Lilas suivait juste derrière. Personne ne parlait vraiment car chacun était concentré sur ses pas et sur les obstacles à éviter ... ornières, boue, et autres bambous qui barraient le sentier. Au bout d'un quart d'heure ils arrivèrent dans une petite clairière. Ils entendirent le bruit rafraichissant d'un ruisseau. En s'approchant ils découvrirent des marches, taillées dans la roche qui longeaient une petite cascade. Le filet d'eau plongeait juste sur quelques mètres mais le courant était suffisamment puissant pour provoquer de l'écume et un bruit agréable de cascade. L'animateur proposa au groupe en endroit tout proche pour s'installer. Ils s'assirent sur les plaids qu'ils avaient pris soin d'emmener. On en prêta un à Nicolas qui se plaça juste à côté de Lilas. Il se dit qu'il avait peut-être une chance de l'entendre à nouveau parler dans un demi sommeil provoqué par la méditation. Laurent se mit face au demi-cercle formé par les participants. Le calme et le silence revinrent dans cet endroit de nature accueillante. On entendait juste, en bruit de fond, l'eau de la cascade qui s'écrasait sur la roche et le chant des oiseaux.

Laurent commença à parler, lentement, distinctement en amenant chacun à trouver son confort et à détendre une par une chaque partie du corps, des pieds jusqu'à la tête. Après dix minutes de cet exercice, il commença véritablement la méditation guidée et il emmena virtuellement le groupe dans un espace de paix et de liberté afin que chacun puisse déposer son fardeau virtuel en toute confiance et puisse se libérer ainsi de toutes ses énergies négatives encombrantes.

Nicolas avait décidé de jouer le jeu. Bien sûr il ne croyait pas du tout à un quelconque effet thérapeutique issu de la moindre de ces techniques, mais il pensait que la relaxation serait de toutes façons un bon moyen de se faire du bien. Il lui arrivait parfois d'en faire lui-même des petites séquences, pour des besoins personnels de concentration liés à son métier de chirurgien. Il se plia donc aux instructions données par Laurent et s'efforça, en bon expérimentateur, d'entrer en lui-même comme cela lui était suggéré. Il visualisait assez facilement l'escalier en colimaçon qui le faisait descendre vers son inconscient, et guidé par la voix monocorde et régulière, il se laissa aller à ouvrir en imagination une magnifique porte en bois sculpté, placée juste devant lui, espérant voir quelque chose apparaître.

Au début il était dans un brouillard épais et n'apercevait rien d'autre. Il était un peu déçu même si ses attentes n'étaient pas fortes et il commençait à s'impatienter. Bien sûr, comme les autres, en début de séance il avait formulé le souhait d'être emmené là où il serait le mieux à ce moment-là de sa vie pour être éclairé et guidé.

Soudain, il se sentit mal. Il revit malgré lui des épisodes sombres de son histoire et tout particulièrement des moments de disputes avec son père. Il se revoyait enfant, face à cet homme, bien plus grand que lui, haussant la voix et le menaçant. Toujours les mêmes reproches, pas assez de travail, de sérieux, de discipline. Mais qu'est-ce qu'on va faire de toi ? Nicolas pleurait et était même terrorisé. Il se sentait parfois de trop sur cette Terre d'autant que sa mère ne le défendait jamais. Il s'aperçut qu'une larme coulait en même temps sur sa joue. Il avait envie d'interrompre l'exercice qui devenait maintenant éprouvant pour lui mais il ne comprenait pas non plus pourquoi il revoyait ces images qu'il avait bien enfouies dans son esprit depuis si longtemps. Il voulait arriver au bout de l'expérience et il poursuivit… Cette fois Nicolas était un jeune adolescent. Il était enfermé dans sa chambre et il entendait Philippe, son père se disputer avec Gabrielle, sa mère. Il avait complètement oublié cet épisode dans lequel, il ne savait pourquoi, il se sentait coupable. Il entendait ses parents crier et sa mère avait même prononcé son prénom. Il se revit avec effroi, cacher sa tête sous l'oreiller pour ne plus rien entendre. Oublier, c'est tout ce que cet ado voulait à cet instant. Pourquoi revenir à des moments aussi douloureux se disait-il en même temps. Il reprit une forte inspiration abdominale et souffla lentement. Arrivèrent ensuite à son esprit des images où il se revoyait fou de joie d'avoir réussi ses examens, fier d'être enfin arrivé au bout de tous ces moments de travail intense et de privations qu'il avait vécus pour devenir médecin, puis cardiologue et chirurgien, enthousiaste à l'idée de partager son bonheur avec ses parents et plein d'espoir de voir son père le féliciter. Il ressentait dans son cœur cette allégresse, sa respiration devenait plus ample au fur et à mesure, puis il se revit, déçu et humilié, face au visage paternel, fermé, distant, esquissant juste un léger sourire. Philippe était presque méprisant et de toutes façons, il relativisait la réussite de son fils. Lui, Philippe Clermont, le journaliste reporter, admiré et populaire, qui passait même parfois à la télé, avait bien du mal à encourager son aîné et à le congratuler. Jamais il ne s'était montré tendre ou affectueux. Oui, son père avait toujours été très dur avec lui, à tel point qu'il se demandait parfois s'il ne l'avait même jamais aimé... Il avait toujours été beaucoup plus exigeant avec lui qu'avec ses frères. Nicolas avait la gorge nouée et un sanglot inattendu qu'il ne put retenir se fit entendre. Il commençait à éprouver de la colère et, désespéré, il revit tout d'un coup cette fameuse montre... Là, devant lui. Il la reconnaissait, avec ses aiguilles fines, ses chiffres romains, son bracelet usé. Oui, la montre de papa était tout, vraiment tout pour l'enfant intérieur qui continuait d'exister dans le cœur de Nicolas. Cet objet était l'aveu de l'amour de son père pour lui, la confession de sa reconnaissance, de son droit à l'existence même. Avoir mentionné à plusieurs reprises de lui offrir un jour cette montre, comme Philippe l'avait fait, c'était juste lui dire « je t'aime mon fils mais je ne sais pas comment te l'exprimer ». Philippe avait, comme beaucoup d'autres hommes de son époque, reçu une éducation très stricte. Il avait fait du mieux qu'il pouvait avec ses fils et il avait juste reproduit ce qu'il connaissait. Voilà ce qu'était en train de penser Nicolas qui commençait enfin à retrouver son calme et à s'apaiser, toujours les yeux fermés, au bas de l'escalier de pierre de son esprit. Il comprit en un instant le pourquoi de sa méditation, mais aussi l'explication de son comportement et de son voyage un peu fou vers Lilas. Cette dernière venait de lui rappeler, lors du voyage en avion, grâce à un sommeil étonnamment loquace, que Philippe ne l'avait pas oublié, qu'il voulait lui donner ce bijou, qu'il l'avait aimé et qu'il lui avait réservé un trésor unique et précieux, lui Nicolas, son fils. Un genre de sourire intérieur qu'il n'avait jamais vécu jusqu'alors lui donna du bonheur. Il remonta mentalement l'escalier de pierre, à nouveau accompagné par la voix de Laurent et revint à la conscience. Il prit son temps car il avait été bien secoué pendant l'exercice et ne voulait pas le montrer, il prit une grande inspiration et il ouvrit les yeux. Autour de lui, tout le monde était déjà réveillé et certains le regardaient. Il avait encore les joues mouillées de quelques larmes qui finissaient de tomber sur son col. Il tourna la tête vers Lilas, elle le regardait aussi. Leurs yeux se croisèrent un court instant et il ressentit étonnamment du réconfort, comme si elle le comprenait et le soutenait. Il avait très envie de lui partager le moment qu'il venait de vivre mais se ravisa car il n'était pas du genre à s'épancher et surtout il ne voulait pas mêler une inconnue à sa vie intime. Le fait qu'elle ait parlé de lui dans son sommeil était du pur hasard et peut-être même s'était-il fait des idées sur ce qu'il avait cru entendre. Quoi qu'il en soit, dès qu'il reviendrait en France, il s'arrangerait pour aller chez sa mère vérifier en douce si le fameux secrétaire possédait un tiroir secret. Il en aurait le cœur net et cesserait de se poser des questions. Mais la question qui lui revint alors, c'était de savoir avant tout, ce que son père avait fait de cette montre. Il commencerait par le demander à sa mère et n'aurait sûrement pas besoin d'aller fouiller, se fiant aux délires de quelqu'un qu'il avait juste croisé et qu'il ne connaissait pas. Après avoir échangé quelques mots avec Lilas, ils se remirent en route pour revenir à l'hôtel. Le groupe était silencieux, chacun dans ses pensées. Bien sûr, à la fin de la méditation, quelques personnes avaient exprimé le désir de parler de leurs propres expériences et cela avait agacé Nicolas qui détestait l'étalage des sentiments et soupçonnait même certaines personnes d'inventer des histoires extraordinaires pour se mettre en valeur. En arrivant à l'hôtel, Nicolas décida de passer le reste de l'après-midi seul. Il avait envie d'aller faire un tour à la forêt des singes, au bout de la rue, de faire un plouf dans la piscine et de surtout de se changer les idées. Il prévoyait aussi d'appeler Claire et de lui raconter son excursion jusqu'à Ubud en omettant bien sûr quelques détails. Lilas lui demanda s'il avait prévu quelque chose pour le dîner et ils convinrent d'un repas ensemble au Bee Café. Comme ce restaurant était un peu à l'écart, ils décidèrent de se retrouver suffisamment tôt pour y aller à pied en profitant des derniers rayons de soleil.

Après une heure de repos dans sa chambre, Nicolas retrouva Lilas à l'entrée de leur hôtel et ils se mirent en route. Lorsqu'ils atteignirent la sortie de la ville, ils furent peu à peu immergés dans ce paysage étrange pour le visiteur, le paysage des rizières. La route était bordée sur un côté par quelques maisons ou masures aux toits en paille de riz, chacune laissant émerger au-dessus de sa clôture un temple familial et individuel. De l'autre côté, avec un léger contrebas, le regard se posait sur les petits bouquets de riz immergés dans l'eau. Des statues en pierre avaient l'air de délimiter les parcelles d'un vert lumineux. Au beau milieu de la rizière se tenaient des tout petits abris faits de branchages et on apercevait au loin une rangée de cocotiers. Ils approchèrent du restaurant mais ni Nicolas ni Lilas ne parlaient. Après avoir juste discuté de l'itinéraire à prendre, ils s'étaient laissés happer par l'endroit, ils étaient fascinés par les couleurs de cette nature exotique. Le ciel, de son côté proposait des couleurs rosées, laissant percer des rayons dorés qui tombaient sur le sol d'un vert émeraude. Ce paysage, tellement nouveau, doux et accueillant, offrait comme un écrin de beauté pour leurs esprits tourmentés. Le chemin s'était rétréci et à l'approche du Bee Café, ils dépassèrent des buissons fleuris de multiples couleurs, bougainvillées, frangipaniers, hibiscus… le climat chaud et humide de cette région du monde étant propice à une telle richesse florale. Ils arrivèrent enfin, un peu fatigués par la longue marche et s'installèrent à une table sous la pergola. Elle était immense mais pas autant que le paysage grandiose devant lequel ils allaient partager leur repas. La terrasse du restaurant faisait face à une rizière. La vue sur cette étendue d'un vert profond, comme un tapis de velours était fascinante. L'air était encore chaud mais un léger souffle commençait à rafraîchir leurs visages et nuques encore en sueur. Après s'être attablés et avoir commandé des jus de fruits frais ils se mirent enfin à se parler. Ce fut Nicolas qui commença.

- Pour en revenir à la méditation de cet après-midi, je ne dirais qu'une seule chose, Lilas, merci ! Il sourit et continua. Oui, je dois vous le dire, j'ai trouvé ici quelque chose que je ne savais même pas être venu chercher.

- Je ne suis pas étonnée, répondit-elle. C'est souvent le cas dans ce genre d'exercice qui d'ailleurs ne marche pas à tous les coups. Parfois il ne se passe absolument rien, dit-elle dans un éclat de rire. En fait, Lilas n'avait nulle envie de se confier et préférait botter en touche.

Nicolas, malgré lui, reprit la parole.

- Oui, en fait, vous avez peut-être vu que j'étais très ému pendant l'expérience. J'ai vécu en effet quelque chose d'assez fort, comme une prise de conscience qui m'a fait énormément de bien. Merci donc Lilas pour m'avoir permis de vivre ce moment si riche et intéressant !

- Je vous remercie Nicolas, mais honnêtement, c'est à vous-même que vous devez dire merci. Je n'y suis absolument pour rien. C'est vous qui avez décidé de venir ici. J'avais juste évoqué le stage mais j'avoue que je n'avais pas envisagé une seule seconde de vous y voir.

- Vous avez raison Lilas, mais d'une certaine façon, c'est grâce à vous quand même. Alors encore une fois, merci, et à votre santé renchérit Nicolas en levant son verre pour trinquer.

Leur repas fut calme. Ils n'abordèrent plus de toute la soirée l'événement de l'après-midi. Ils parlèrent juste de l'île, de ses beautés et de tout ce qu'il faudrait revenir visiter lors d'un éventuel prochain voyage s'il devait avoir lieu. Ils rentrèrent en taxi jusqu'à leur hôtel. Ils firent comme prévu une visite des rizières en terrasse dès le lendemain matin, accompagnés par un guide. Ils marchèrent toute la matinée, découvrant les cultures de part et d'autre de collines abruptes, d'un vert éclatant, les statues de pierre perdues au milieu des plantations, apercevant aussi les paysans penchés sur les touffes de riz, arborant le fameux chapeau conique en paille, accroché par une ficelle sous le menton. Ils prirent de nombreuses photos, puis, de retour à Ubud, Nicolas dût prendre congé de Lilas.

- Voilà, dit-il, mon séjour à Ubud prend fin. Je dois partir de suite pour rejoindre mes amis et rentrer avec eux en France. Je vous remercie beaucoup Lilas pour votre compagnie et pour m'avoir fait découvrir la méditation, finit-il par dire en riant. Mais s'il vous plait, une dernière chose. J'espère que vous n'allez pas mal le prendre, j'aimerais beaucoup avoir vos coordonnées en France. Oh n'ayez crainte, je n'ai pas du tout l'intention de vous faire une visite surprise, comme ici ! (Il éclata de rire... rire lui donnait une contenance...) J'aimerais juste pouvoir compter sur vous pour d'éventuels conseils si jamais l'envie de me documenter à nouveau sur le bien-être me venait à l'esprit, ou même pourquoi pas, pour m'accorder du temps pour mieux me relaxer...

Lilas ne souriait plus, elle était à la fois contente de sa demande mais ennuyée plus qu'elle ne voulait le laisser paraître.

- Écoutez, répondit-elle, je file en vitesse dans ma chambre. J'ai des cartes de visite, je vous en ramène une de suite.

Lilas monta quatre à quatre les marches de l'escalier qui l'emmenait dans sa chambre. Elle prit une carte dans son sac de voyage et redescendit la donner à Nicolas. Pendant tout ce trajet qu'elle fit machinalement, sa tête ne pouvait plus penser. Elle était affolée, son cœur battait à cent à l'heure. Que dirait Gabrielle si elle apprenait que son fils avait son adresse ? Tant pis se dit-elle, je ne peux plus rien changer à notre destin. Je n'ai absolument pas cherché à en arriver là et je dois donner ma carte à Nicolas.

D'ailleurs va-t-il l'utiliser un jour ? Il me demande mes coordonnées mais cette carte finira sûrement au fond d'un tiroir où il l'oubliera. Se rassurant comme elle put, Lilas tendit sa carte à Nicolas. Il la prit et lut :

Liliane PAUL – 14 rue du Gros Caillou – 75007 PARIS - Tel : 06 32 57 41 58

- Vous êtes parisienne ! S'exclama Nicolas. Super, je pense que je pourrai vous saluer à l'occasion, mon frère est parisien lui aussi.

- Avec plaisir, s'entendit répondre Lilas, qui sentait en même temps ses jambes se dérober sous elle.

Il lui demanda la permission d'une bise et s'éclipsa dans son taxi. Lilas vivait un immense paradoxe. Tellement heureuse des moments passés avec Nicolas et tellement angoissée aussi. Elle se dirigea vers le bar de l'hôtel et commanda une boisson forte pour se remonter le moral.

CHAPITRE 5

- Les filles, venez à table, s'écria Claire en direction des chambres. Papa dîne enfin avec nous ce soir !

J'étais rentré depuis plus d'une semaine de mon périple asiatique mais mon travail m'avait tenu distant de ma famille. J'avais tellement pris de retard dans mes rendez-vous et interventions que je ne revenais jamais avant 21 heures à la maison. Pour une fois, j'avais fait effort d'être présent au repas du soir et tout le monde s'en réjouissait. J'étais rentré très fatigué de ce voyage, surtout à cause du décalage horaire. C'est ce que j'avais invoqué lorsque Claire s'était inquiété de mon visage marqué par la fatigue. « Il est certain que les trajets Est / Ouest sont toujours très perturbants », avais-je expliqué car alors qu'on vient de faire sa journée dans l'avion, on débarque en ayant une nouvelle journée à enchaîner, nous empêchant d'aller dormir.

Tout avait été difficile pour moi. J'étais bien sûr épuisé par le manque de sommeil mais le plus déroutant était de devoir m'impliquer à cent pour cent dans mon travail. J'avais fait retarder mes interventions non urgentes pour me donner un peu de temps de récupération mais je me sentais quand même submergé. Les événements personnels que j'avais vécus lors de mon voyage et que je gardais secrets m'avaient moralement entamé. J'avais déjà été très secoué par la mort de mon père survenue un mois et demi auparavant et je pensais que ma mission professionnelle à l'autre bout du monde allait m'aider à prendre un peu de recul. C'était tout le contraire. L'histoire de cette femme, qui m'avait parlé dans son sommeil, de la montre de mon père était insensée ! Ma propre réaction aussi… J'aurais dû laisser courir, me dire que c'était une coïncidence tout simplement, que j'avais dû rêver. Mais, c'était plus facile à dire qu'à faire car j'avais un tempérament qui me poussait à aller au bout de toutes les compréhensions, je ne savais pas lâcher et cette montre avait fini par m'apparaître, finalement comme un élément extrêmement important de ma vie. J'étais plongé dans mes pensées. Je me disais qu'il faudrait au plus vite que j'aille voir ma mère pour lui demander si elle savait où elle était rangée, et lui rappeler que mon père avait maintes fois parlé de me l'offrir. Au pire, j'irais discrètement vérifier le secrétaire de mon père, chercher s'il possédait un tiroir secret, mais je trouvais aussitôt cette pensée stupide. Pourquoi cette montre serait-elle cachée ? Mon père avait dû la ranger dans son armoire ou dans le coffre familial qui était dissimulé dans son dressing.

- Houhou… on est là, dit Claire en me tapotant le bras. Tu n'es pas avec nous, on dirait ?

- Désolé, répondis-je. Pardonne-moi, j'étais encore à l'hôpital dans ma tête. Mais je suis très heureux de vous avoir retrouvées mes fées, dis-je en riant et en faisant un clin d'œil à Estelle et Charlotte qui étaient assises à table en face de moi.

J'avais été bien accueilli lorsque j'avais regagné mon domicile, un pavillon dans la banlieue de Bordeaux. Claire était venue me chercher à l'aéroport. J'avais ramené des cadeaux pour chacune de mes « fées », comme j'appelais ma femme et mes filles. Des sarongs multicolores, des bijoux en argent fabriqués par des artisans de Bali, des statuettes en pierre achetées à l'aéroport de Singapour et qui allaient servir de serre-livres, et surtout un très bel ensemble bracelet et pendentif assorti en jade pour mon épouse. Tout le monde avait été très gâté et j'avais aussi ramené une bouteille de bon whisky en passant au Duty free.

On était vendredi soir, veille de week-end et toute la famille se réjouissait de ces deux jours de repos à venir à passer tous ensemble. Bien sûr il faisait froid dehors mais bien couverts, nous aimions partir tous les quatre prendre l'air sur le Bassin d'Arcachon. Il n'y avait qu'une quarantaine de kilomètres à parcourir et on profitait des embruns vivifiants de l'Océan. Ce fut Claire qui en parla la première. Les filles applaudirent et je fis mine de céder à contrecœur à leur demande après cinq minutes de suspense insoutenable.

- Ok, on part sur le Bassin demain. Mais je dois, on doit aussi aller voir mamie Gabrielle, rajoutais-je. On y va bien tous ensemble dimanche ?

- Oui bien sûr, répondit Claire. Je suis allée voir ta mère deux fois cette semaine et trois fois la semaine dernière. Elle ne va pas bien du tout. Toujours en dépression, elle broie du noir. Je lui ai promis qu'on irait la voir de toutes façons ce week-end. Tu pourrais l'appeler demain matin avant notre départ pour Arcachon, et lui confirmer qu'on ira déjeuner avec elle dimanche tous les quatre ? Je porterai le repas pour ne pas la fatiguer.

J'avais hâte d'aller voir ma mère. J'étais triste de son nouveau statut de veuve. Bien sûr, à cause de son métier de reporter, Philippe mon père, s'était très souvent absenté du domicile familial, et Gabrielle s'en était accommodé, elle avait l'habitude de se débrouiller seule, mais cette fois, une crise cardiaque avait emporté son mari pour toujours. En plus, de la tristesse, j'éprouvais une pointe de culpabilité. Moi, un cardiologue, chirurgien qui plus est, n'avait même pas anticipé qu'un tel malheur pouvait tomber sur ma famille ! Bien sûr, personne ne m'avait rien reproché, du moins ouvertement. Comment aurais-je pu deviner ? Philippe était suivi par son médecin de famille, faisait des bilans de santé régulièrement et jamais un tel risque n'avait été envisagé. Malgré tout, je me sentais un peu responsable. J'aurais dû encourager mon père à venir me voir à mon cabinet, à consulter des confrères spécialistes, à lui faire effectuer des examens plus approfondis, même sans le moindre symptôme, juste par sécurité. Mais comment savoir ? Il fallait juste accepter la réalité, ne plus revenir en arrière avec des « si j'avais su ». De plus Philippe n'était pas du genre à se plaindre, il était dur au mal et fuyait dès qu'il pouvait les médecins et les examens médicaux. Tout ceci l'ennuyait profondément. Je me rappelais mes propres paroles auprès de certains de mes patients qui venaient de perdre un proche dans les mêmes circonstances. « On ne peut pas tout prévoir » disais-je toujours, pour déculpabiliser l'entourage. Et même si je ne me sentais pas vraiment coupable car je savais que la médecine n'est pas omnipotente, je soupçonnais ma mère et mes frères de me tenir pour responsable de négligence. Je pris une grande respiration et je me dis que ça irait mieux dans quelques semaines. Un deuil demande beaucoup de temps et la première étape à traverser est toujours le déni. On n'arrive pas à croire que la personne soit décédée. La mort est une notion qui nous est étrangère et impensable car on ne sait absolument pas ce qu'elle recèle pour la personne qui la subit, quelles que soient nos croyances. C'est un concept qui nous dépasse comme dans un domaine différent, la notion d'infini. Nos pauvres cerveaux ne sont pas équipés pour l'envisager, pour même aborder le sujet de façon rationnelle.

Après avoir couché les filles, avec Claire, nous pûmes enfin passer un moment tous les deux, nous retrouver véritablement et nous réconforter. Claire avait assumé mon absence mais était impatiente de me voir rentrer car je la rassurais. Je lui apparaissais comme quelqu'un de fort, apte à assumer tellement de responsabilités qu'elle en était très admirative. Je savais toujours trouver les mots, les paroles pour l'apaiser et la calmer lorsqu'elle était angoissée. Nous étions très complémentaires tous les deux, avec des tempéraments différents qui nous permettaient de nous équilibrer mutuellement même si parfois une incompréhension nous faisait obstacle. En réalité, j'avais reçu une éducation si stricte que je n'avais pas été habitué à me plaindre ni à montrer de faiblesse. Je portais une cuirasse qui me protégeait et j'avais pris l'habitude de vivre avec. Je ne m'en plaignais pas car je me rendais compte que mon apparente solidité me facilitait la vie, renforçait la confiance que me portait mon entourage, en allant de ma famille à mes patients. Comme tout être humain j'avais des doutes et des hésitations, mais j'avais tellement pris le pli de les ignorer qu'il me semblait que j'étais heureux ainsi. Grâce à mes efforts pour la mériter, j'avais gagné tout de même l'estime de mes parents et de mes frères. Mon père, qui n'aimait pas s'épancher, ne m'avait jamais vraiment témoigné de sentiments très affectueux et surtout de reconnaissance, de confiance, d'estime, mais je savais que cet homme se cachait derrière une apparence rigide. Je le savais d'autant plus maintenant que j'avais compris, en un quart de seconde, par un genre de prise de conscience, que Philippe s'était enfin résolu à m'offrir sa montre, objet précieux, témoin de tout ce qu'il représentait à mes yeux.

La journée du samedi fut une journée de joie. Les filles couraient sur la plage d'Arcachon, sautaient joyeusement par-dessus les filets d'eau qui s'attardaient entre de petites remontées de sable, alors que la marée se retirait lentement. La famille déjeuna au restaurant sur la promenade qui fait face à l'Océan et avec Claire, nous fîmes une dégustation d'huitres accompagnée d'un « entre deux mers » savoureux. Le retour à la maison le soir en voiture fut très calme, le grand air ayant bien lessivé les filles qui s'étaient endormies.

Le dimanche matin, j'étais réveillé aux aurores. J'avais tenu jusque-là sans savoir vraiment si ce que j'avais vécu de bizarre lors de ma rencontre avec Lilas avait un sens ou non. J'avais de la volonté et le plus souvent j'arrivais à chasser de mon esprit les pensées perturbatrices dont je ne pouvais m'occuper de suite. J'installais comme des cases dans ma tête, et je me disais en moi-même, « une chose après l'autre », sans précipitation. J'avais donc tenu depuis mon retour de Singapour sans savoir ce qu'était devenue la montre de mon père. J'en aurai le cœur net aujourd'hui, me dis-je et je me se préparais confiant, presque certain que ma journée auprès de ma mère serait tout de même un peu plus heureuse que les dernières passées auprès d'elle. Bien évidemment, je pensais au chagrin qu'elle vivait, à son sentiment de solitude et d'abandon, mais je me sentais fier de pouvoir lui apporter un peu de joie en ce dimanche de décembre, surtout grâce à Estelle et Charlotte les jumelles, qui étaient toujours pleines d'entrain. Il faut dire que j'étais le seul des trois enfants à vivre à quelques kilomètres du domicile familial. J'étais l'aîné et je pensais que c'est peut-être pour cette raison que j'avais été élevé aussi sévèrement. Mes deux frères Antoine et Fred vivaient tous les deux à Paris. Antoine était ingénieur en informatique, il travaillait pour une grosse boîte dont le siège était situé dans le quartier de La Défense ; quant à Fred, le plus jeune, un peu tête brûlée, il avait fini par se ranger en devenant pompier de Paris. Très sportif et ne tenant pas en place, il avait donné énormément de souci à mes parents jusqu'à ce qu'il découvre et intègre ce métier qui le comblait.

Lorsque nous arrivâmes au « château », Gabrielle nous attendait sur le perron de l'entrée. Toute de noir vêtue, elle paraissait vieillie et son manque d'appétit de ce dernier mois l'avait considérablement amaigrie. Les jumelles se précipitèrent les premières pour embrasser leur grand-mère, puis entrèrent dans la maison pour saluer Nono, la petite chienne York, qui les attendait en aboyant derrière la porte vitrée. Nous suivions derrière tous les deux, avec Claire, les bras chargés des sacs de victuailles nécessaires au repas, évitant ainsi à Gabrielle de nouvelles tâches et de la fatigue. Claire et Gabrielle se retrouvèrent aussitôt dans la cuisine pour réchauffer au four le poulet patates et pour finir les préparatifs. Les jumelles étaient dans le séjour et jouaient avec Nono, lui envoyant chercher une balle que visiblement elle ne voulait pas ramener. Lorsque je pris conscience que tout le monde était bien occupé, j'en profitai pour aller dans la chambre de mes parents jeter un œil. Je n'avais pas du tout l'intention de fouiller car je respectais trop ce lieu et mes parents, mais l'envie était la plus forte, je voulais juste vérifier si la montre était visible, posée sur une commode ou ailleurs. J'allai d'abord aux toilettes, je tirai la chasse d'eau, dont le bruit allait justifier ma présence dans cet endroit de la maison, puis je me faufilai jusqu'à la chambre.

Ma mère, d'ordinaire très maniaque, ne laissait jamais une pièce en désordre, pourtant lorsque j'entrai dans la chambre, je découvris des vêtements, posés ça et là sur le fauteuil et sur le lit défait. Je me sentis un peu gêné, je pénétrai dans un espace qui ne m'était pas offert et qui me prouvait que ma mère n'était pas en aussi bonne forme que je l'aurais espéré. Elle avait vraiment l'air de se laisser aller. Je sentis une parcelle de tristesse m'envahir alors que je balayais du regard chaque centimètre de la pièce. Mes yeux se posèrent ensuite tout naturellement sur le secrétaire et je ressentis une boule dans la gorge. Ce meuble ancien dont mon père avait hérité de ses parents, de style Louis Philippe étincelait par rapport au reste du mobilier beaucoup plus moderne. Il était magnifique c'est vrai. J'avais toujours entendu dire que ce secrétaire était d'époque même s'il avait été rénové. Il était en acajou de Cuba flammé et lorsqu'un rayon de soleil le touchait, on pouvait constater que le bois renvoyait un éclat mordoré. Son abattant, lorsqu'il était ouvert, était recouvert d'un beau cuir couleur havane. Sur la façade on découvrait 5 tiroirs au niveau inférieur. Deux tiroirs superposés de chaque côté et un plus gros tiroir au milieu. Sur la partie haute, un mince tiroir faisait la largeur du meuble. Le dessus était recouvert d'une plaque en marbre gris. Je me revis, enfant, passant un pied dans la chambre parentale et découvrant mon père, assis devant le secrétaire, quelques documents empilés sur le rabat du meuble.

- Qu'est-ce que tu fais là, demanda Gabrielle, l'air surpris.

- Désolée maman, en sortant des toilettes et en voyant la porte de ta chambre entrouverte, je n'ai pas pu m'empêcher de la regarder à nouveau et de me souvenir de l'époque heureuse où papa était encore avec nous.

- Oui, répondit Gabrielle, c'est difficile de me dire que je ne le verrai plus. Je dois faire face, je le sais mais pour l'instant je n'y arrive pas bien tu sais… Heureusement que Claire vient me voir régulièrement et m'amène les filles dès qu'elle peut. Ces petites sont si mignonnes, elles me donnent du courage.

- Je comprends maman. Ce que tu vis est normal, il va te falloir un peu de temps, il va nous falloir un peu de temps à tous. Le départ de papa a été si soudain… et parfois je me sens un peu coupable, moi, le cardiologue, je n'ai même pas vu qu'il était en danger !

- Mais Nicolas, ce n'est pas de ta faute, mon Dieu s'écria Gabrielle en me prenant dans ses bras. Surtout ne pense pas à ça…Je le sais autant que toi, un infarctus peut toucher n'importe qui même sans signaux avant-coureurs. Tu n'y es pour rien, surtout ne t'en veux pas. Moi je ne t'en veux pas et je pense que personne ne t'en veut.

- Merci maman, répondis-je à l'oreille de ma mère, tout en relâchant mon étreinte. Tes paroles m'apaisent, je me sentais mal. Il faut dire que j'ai accumulé pas mal de fatigue aussi, avec ce voyage au bout du monde puis la reprise à cent à l'heure à l'hôpital. Allez maman, on sèche nos larmes car les filles vont être tristes de nous voir ainsi.

Le repas fut animé et beaucoup plus gai puisque les jumelles, qui avaient appris l'an passé que le Père Noël n'existait pas, faisaient semblant de le réclamer... à grand renfort de compliments qu'elles s'envoyaient à propos de leurs efforts immenses dans tous les domaines et qui devraient forcément être récompensés. Avec Claire, on jouait le jeu et on minimisait de notre côté les soi-disant exploits de nos filles. Mamie Gabrielle avait retrouvé un peu de joie à voir ses petites filles malicieuses et pleines de vie, s'amuser ainsi. Elle n'avait pas du tout envie d'installer le sapin cette année dans son salon mais Charlotte et Estelle la supplièrent et elle finit par dire qu'elle allait réfléchir.

De mon côté, j'étais envahi par une pensée qui devenait obsessionnelle. Demander à ma mère où était passée la Patek Philippe... la montre de mon père. Ce serait mon cadeau de Noël à moi, le plus beau cadeau qu'il pourrait me léguer, la preuve de toute son affection et de son estime. Je tournais la question dans tous les sens dans mon esprit. J'attendais qu'une occasion se présente pendant la discussion pour placer cette question et lui donner une apparence anodine. Ce fut dans l'après-midi que le moment se présenta. Les filles étaient parties jouer dehors avec Nono. Claire leur avait redonné leurs anoraks et les avait forcées à mettre leurs bonnets. Même Nono, qui était une York frileuse, était équipée de son petit manteau en laine. Le ciel était gris, assez bas et la température proche de zéro degré, promettait l'arrivée assez rapide d'une averse de neige. Claire finissait de ranger la vaisselle dans la cuisine et je me retrouvais seul avec ma mère dans le salon. J'avais la gorge nouée à l'idée de poser la question mais je me lançais

- Maman, dis-moi, te souviens-tu de la montre de papa ?

- Oui, mais laquelle, tu sais ton père en avait plusieurs. Et puis, pourquoi poses-tu cette question ? rajouta Gabrielle en me regardant droit dans les yeux, l'air soudain un peu contrariée

- Ben, tout simplement parce que papa me taquinait souvent avec sa montre PP, tu sais, celle en or gris avec le bracelet en écailles marron. Il me disait qu'il allait me la léguer. Alors, sans vouloir passer pour quelqu'un d'intéressé, ce que je ne suis pas et tu le sais, j'aimerais savoir si tu serais disposée à me la céder. Il m'en avait parlé si souvent, ajoutais-je, pour donner plus de crédibilité à mon propos.

- Ah ben ça alors, répondit Gabrielle, je suis bien embêtée. Elle prit soudain un air inhabituel, en raidissant les traits de son visage et pinçant nerveusement ses lèvres. Ecoute Nicolas, oui, je vois bien de quelle montre tu veux parler mais je dois te dire tout de suite que je suis désolée. Cette montre, je ne l'ai plus.

- Quoi, hurlais-je presque !

- Ton père et moi en avions parlé il y a quelque temps. Il était embêté car il avait en effet effleuré l'idée qu'il allait te la donner mais en y repensant il s'est dit que ce serait injuste envers tes frères. Voilà, termina-t-elle, voilà ce qu'il en est. Alors, comme c'était une montre de valeur, il l'a revendue. Je ne l'ai plus. Je suis vraiment désolée Nicolas, ajouta-t-elle, l'air dépitée, il aurait dû te le dire, mais voilà, il n'est plus là et c'est quand même ça le plus triste non ? enchaina-t-elle comme pour couper court à la discussion.

J'étais anéanti. Par la mort de mon père bien sûr et maman venait de me le rappeler, mais pire encore par une trahison, une promesse non tenue, à son propre enfant qui plus est ! C'était le pire pour moi, une abomination. Je détestais tout ce qui dans ce monde sonnait faux, toutes les simagrées, les faux semblants, la manipulation. Ce que venait de me faire vivre mes parents était indigne. Cela ne se faisait pas, c'est tout. C'était complètement à l'opposé de ce qu'ils m'avaient enseigné, de leurs fameuses valeurs qu'ils voulaient me transmettre ! La colère m'envahissait. Mais quel exemple me donnait ce père qui m'avait pourtant tant fait la leçon, menacé, terrorisé parfois ? A quoi tout cela servait-il. J'étais hors de moi. Ma mère le vit et tenta de me calmer

- Mais Nicolas, ne te met pas dans cet état ! Il ne s'agit que d'une montre. Ton père en avait d'autres et je ferai le partage avec tes frères lorsque vous serez réunis au premier de l'an.

Claire entra à ce moment là dans le salon, portant un plateau avec le café. Elle s'assit près de moi et constata immédiatement que je ne tournais pas rond. Cela ne m'arrivait pas souvent car j'avais l'habitude de surmonter mes états d'âme pour ne rien laisser paraître. Aussi elle fut surprise et pensa que quelque chose d'important ou de grave venait d'être évoqué entre ma mère et moi.

- Ça va ? me dit-elle à voix basse pour rester le plus discrète possible.

- Oui, tout va bien, m'entendis-je répondre malgré moi. Je ne voulais pas tout étaler maintenant devant ma mère et mon épouse. Il fallait que je me contienne mais je sentais une fêlure intense et douloureuse se creuser à l'intérieur de moi, en même temps qu'une colère indomptable surgir dans mon plexus.

Je n'avais pas du tout envie d'exploser devant témoins mais je sentais que la lave allait être expulsée du volcan sans tarder. Il fallait absolument que je trouve une solution pour m'isoler et me libérer de cette souffrance qui commençait à m'étouffer. Je me levai subitement et allant vers le portemanteau de l'entrée, j'enfilai ma parka.

- Je vais faire un tour à pied, ça va me faire du bien, dis-je à ma mère et ma femme qui avaient l'air toutes deux médusées. Je vis de l'inquiétude dans le regard de Claire, mais dans les yeux de ma mère, je ne vis que de la dureté même si je devinais un peu d'embarras.

Dès que je fus dehors, je me sentis enfin libéré. Après avoir échangé deux mots avec les filles qui jouaient toujours dans le jardin et leur avoir conseillé de rentrer se réchauffer un peu à l'intérieur, j'ouvrais la grille et me retrouvais enfin dans la rue. Ce dimanche de mi-décembre était calme. Les gens venaient de terminer leur repas dominical, souvent amélioré et je pouvais imaginer derrière les murs des maisons, les familles dans leur salon, les parents affalés sur leurs fauteuils pour une digestion lente et une sieste réparatrice, ou parfois scotchés devant leur télévision à regarder Druker ou je ne sais quoi. Peut-être que Druker n'était plus au programme le dimanche après-midi, mais peu importe, en fait je m'en fous, me disais-je avec exaspération. Ils sont tous occupés et je peux enfin marcher tranquille, sans être obligé de parler à qui que ce soit, ni faire semblant d'être heureux. Je me sentais vidé, anéanti, blessé au plus profond de moi-même. J'étais pourtant un adulte responsable, capable de tant de choses que d'autres ne pouvaient accomplir, je m'étais tellement prouvé que j'étais quelqu'un de valable, quelqu'un de bien et je ressentais un dégoût envahir mon estomac et ma bouche. L'enfant que j'étais, qui avait toujours cru en ses parents avait été trompé, abusé. Mon père, ce héros du journalisme, tant admiré, photographié lui-même, invité à participer même parfois dans des journaux télévisés nationaux, quelle ironie, mais quelle mascarade ! Ma colère sortait, je marchais très vite sans regarder vraiment où j'allais. Les larmes coulaient le long de mes joues et je ne m'en rendais même pas compte. Elles me rafraîchissaient le visage et me faisaient du bien, c'était tout ce qui comptait. Je ne croyais plus en rien et surtout j'en voulais à ma mère à présent. Elle avait été témoin elle aussi, des promesses que mon père m'avaient faites. Pourquoi ne s'était-elle pas opposée à la décision qu'il avait prise ? Des lâches pensai-je en remontant sur le trottoir. J'avais beau faire, j'en revenais à nouveau à la conclusion que mon père ne m'aimait pas et ne m'avait jamais aimé, sinon, il n'aurait jamais pu avoir un tel geste, me faire un tel affront. Mais qui ? Quel parent ferait vivre une telle tromperie à son enfant ? Je pensais à mes filles que je chérissais. Jamais de la vie je ne voudrais les voir malheureuses ! Comment mentir effrontément à ses enfants, les berner ? Je trouvais le comportement de mes parents aberrant. Je savais, pour en avoir rencontré dans ma vie professionnelle, qu'il existe bien sûr des familles dysfonctionnelles, avec des parents indignes d'élever des enfants, mais ce genre de personnes ne se trouve, la plupart du temps, que dans une catégorie socio-professionnelle assez basse dans la société. J'étais très en colère et j'exagérais volontairement la comparaison. Bien sûr ma mère m'avait parlé des autres montres de mon père alors qu'elle savait très bien que c'était celle-là que j'attendais. Bon je me rendais compte que je dramatisais à l'excès. Il fallait que je me raisonne un peu. Je ne pouvais pas dire que mes parents s'étaient mal conduits envers moi. J'essayais de relativiser et je commençais à me calmer aussi. Je me rendis compte alors que j'avais fait le tour du quartier et j'apercevais la maison de mes parents au bout de la rue. Le château ! Oui mon frère avait donné ce surnom à la demeure familiale. Il avait bien eu raison ! Mon père était cet orgueilleux, qui voulait posséder une maison, plus grande que toutes celles des environs ! Je me mis à respirer plus profondément. L'air glacé qui entrait dans mes narines et s'infiltrait jusque dans mes poumons commençait à m'apaiser. Qu'allais-je faire à présent ? Claire allait vraiment se poser des questions sur les mots que j'avais pu échanger avec ma mère et m'en parler. Je n'avais rien à lui cacher, mais allait-elle comprendre à quel point cet objet m'était cher ? Je n'en étais pas certain. Elle allait alors certainement me considérer comme un capricieux. Et ma mère ? Qu'avait-elle déduit de mon comportement lorsqu'elle m'avait vu me lever subitement pour aller marcher à l'extérieur ? Je repensais au regard qu'elle m'avait lancé. Ses yeux noirs m'avaient fixé avec sévérité et fermeté, comme lorsque je n'étais encore qu'un enfant. Mais qu'espérait-elle ? Avoir encore une influence sur moi ? Me faire taire comme autrefois ? Mais quel dimanche de merde ! me dis-je en ouvrant le portail de l'entrée. Les filles étaient revenues à l'intérieur et Nono aussi. Dehors le jardin était inanimé, froid, attendant seulement que les flocons, qui s'étaient mis à tomber de façon éparse, recouvrent sa misère. Je me mis à monter une à une les marches qui menaient au perron quand soudain je revis mentalement son visage… Lilas ! C'était elle qui m'avait dit, apparemment par le biais de mon père (quelle énormité tout de même !) que cette montre se trouvait dans un tiroir secret du secrétaire du paternel. Je respirais un grand coup et je rentrais dans la maison, avec une lueur inespérée d'espoir dans le cœur. Lilas, chère Lilas, soit tu m'as raconté des sornettes, soit il s'est vraiment passé quelque chose et j'en aurai le cœur net !

Je retrouvais ma famille installée autour de la table de la salle à manger, en train de jouer à un jeu de société. Claire faisait équipe avec Charlotte et ma mère s'était ralliée à Estelle. Pour ma part, je profitais du court instant où je leur tournais le dos, en enlevant ma parka et mon écharpe, pour reprendre complètement mes esprits. Je me dirigeais vers elles et je parvins à arborer un léger sourire. Je me mis alors à parler du froid et de la neige qui s'était mise à tomber. Les filles accoururent immédiatement à la fenêtre, toujours heureuses de voir les flocons voltiger dans ce ciel d'hiver. L'après-midi se poursuivit avec de nouvelles parties de jeux et de nouvelles équipes puisque ma mère, ayant arrêté de participer, je pris la relève. Nous parlâmes aussi de Noël qui approchait, de l'endroit où on se retrouverait en famille, surtout que mes deux frères avaient promis de nous rejoindre.

Le soir venu, Claire attendit que nous fussions seuls pour me demander ce qu'il s'était passé entre ma mère et moi. Je lui répondis la vérité. Que mon père m'avait donc promis de me léguer cette montre et que ma mère venait de m'apprendre qu'il l'avait vendue. Je me souvenais d'ailleurs, qu'une fois en particulier mais il y a bien longtemps, il s'était donné la peine de me prendre à part dans sa chambre pour me la montrer et me garantir, les yeux dans les yeux qu'elle me reviendrait. Je devais avoir une douzaine d'années et j'avais trouvé cet engagement un peu étrange. D'une part parce qu'il se faisait sans témoin, en aparté, juste lui et moi, et d'autre part parce qu'à cet âge-là, posséder sa montre était vraiment la dernière de mes ambitions. Voilà, ce souvenir revenait maintenant dans mon esprit, au moment où je me confiais à Claire. Celle-ci se montra prévenante et fit son possible pour me réconforter et surtout pour m'aider à relativiser. Elle comme moi avions tout de même du mal à comprendre pourquoi mon père aurait vendu cet objet. Il n'avait pas besoin d'argent, et cet acte nous paraissait incongru, invraisemblable, mais bon. Il fallait passer à autre chose et surtout penser à Noël, à nos enfants et à notre bonheur à tous les quatre. Claire avait raison. J'étais heureux avec ma petite famille et rien ne comptait plus que cela dans ma vie.

La semaine qui suivait était aussi chargée que la précédente dans mon emploi du temps mais j'avais décidé de trouver un prétexte pour me libérer de mon travail le jeudi matin. Cela faisait plusieurs soirs, que j'essayais, avant de m'endormir, de me remémorer le secrétaire de mon père. Je voyais son abatant, sa clé qui restait toujours sur la serrure, les tiroirs intérieurs, extérieurs et je me demandais où pourraient se trouver des tiroirs cachés. Je me renseignais discrètement sur internet et j'apprenais que ce genre de meuble possède souvent deux tiroirs secrets, quelquefois même trois. J'examinais un modèle présenté, très ressemblant au meuble de mon père et je regardais de près des photos qui montraient où ils se trouvaient et comment arriver à les ouvrir. Mais ce n'était qu'un exemple !

Je m'accrochais de plus en plus en l'espoir de les découvrir et surtout d'y trouver ce que je cherchais. Il fallait toutefois que je réussisse à m'introduire dans la maison familiale à l'insu de ma mère et ce n'était pas le plus facile. D'abord moralement, car je me donnais l'impression de fomenter un mauvais coup, d'être un cambrioleur, en me visualisant entrer dans sa maison à son insu, aller dans sa chambre alors que c'est une pièce très intime, et de fouiller un endroit qui ne m'appartenait pas, mais il y avait aussi le côté purement pratique. Quand pourrais-je y aller ? Quand est-ce que ma mère s'absentait ? Avais-je sa clé ? Le code de son alarme ? Toutes ces questions fusaient dans ma tête et il fallait que j'y réponde l'une après l'autre. Je repensais à Lilas... oui, grâce à son message j'avais repris espoir mais d'un autre côté cette histoire me poussait à faire le genre de choses que je détestais. La trahison est une notion qu'on ne peut reprocher aux autres si on la commet soi-même ! Mon esprit était en tout cas bien encombré et je dormais mal. Peu à peu, je commençais à poser une à une les pièces du puzzle. D'abord je m'étais souvenu que ma mère allait au marché à pied tous les jeudis matin. J'étais donc à peu près sûr de pouvoir profiter d'au moins une heure de répit. Ensuite, je me souvenais qu'elle avait confié à Claire sa clé et son code d'alarme. En effet, depuis la mort de papa, elle préférait que nous puissions voler à son secours en cas d'urgence. Je savais que Claire avait tout ça mais j'ignorais où elle les avait rangés. Je n'avais pas non plus envie de lui poser la question car il aurait fallu que j'explique pourquoi j'en avais besoin. J'étais bien ennuyé.

Je finis par trouver assez rapidement. En ouvrant le tiroir « fourre-tout » de la cuisine, celui où on trouve des stylos, des post-it, des tournevis, des bonhommes en plastique de la dernière bûche de Noël et objets divers, à la fois inutiles et précieux... Elles étaient là, les clés de la maison de mes parents. Je reconnus le porte-clé immédiatement. C'était un souvenir qu'avait ramené mon père d'un de ses voyages au Québec, une feuille d'érable. Sous les clés se trouvait un petit papier et je reconnus l'écriture de ma mère. 4749, voilà le code ! J'étais à la fois heureux, soulagé mais paradoxalement très embêté. Il allait falloir que je passe à l'action, comme un monte-en-l'air. J'avais plusieurs fois retourné la question dans ma tête. Il me serait impossible de dire à ma mère « tu mens, la montre est dans un tiroir secret du secrétaire à papa » ! D'abord, est-ce qu'elle y serait ? Comment expliquer d'où me venait l'information ? Ensuite, ma mère mentait-elle ? Mon père l'avait peut-être cachée à son insu après lui avoir fait croire qu'il avait vendu la montre ? Non, je n'avais pas d'autre solution que d'aller voir moi-même sans en parler à personne. Cela ne m'enchantait guère mais je me rassurais en me disant que tout de même, cette maison était ma maison de famille, celle où j'avais grandi et que je pouvais me permettre d'y entrer, moi plus que quiconque.

Le jeudi arriva. Je m'éclipsais de l'hôpital pour me rendre rapidement dans le quartier où habitait ma mère. Comme un policier en surveillance, j'arrivais assez tôt pour pister son départ au marché. Je me sentais vraiment mal mais je n'avais pas le choix. Installé dans ma voiture, heureusement assez banale, j'étais garé au bout de la rue. Je voyais très bien dans mon rétroviseur le devant de la maison. A 10 heures, je la vis enfin franchir le seuil en tirant sa charrette de courses à roulettes et partir dans le sens opposé au mien. Elle me fit pitié. Elle était toujours habillée de noir, amaigrie et elle marchait en regardant avec précautions où elle mettait les pieds. Elle avait vieilli ma mère. A force de voir ses proches de façon régulière on ne s'en rend pas toujours compte, mais là, je la voyais comme une étrangère et elle était devenue vraiment une vieille femme. Elle devait avoir 68 ans il me semble ? Gabrielle avait été une très belle femme mais depuis la mort de papa elle était méconnaissable. Cet événement tragique lui avait donné dix ans !

Lorsqu'elle eut tourné au coin de la rue, je descendis de ma voiture et me rendis tranquillement jusqu'au portail de la maison. Il fallait avant tout que j'aie l'air naturel. Je jetais un rapide coup d'œil de part et d'autre de la rue et j'entrais. Une fois en haut du perron, je regardais à nouveau si personne ne me regardait aux alentours. Je fis tourner la clé dans la serrure et me dirigeais instinctivement vers le boitier de l'alarme mais je m'aperçus qu'elle n'était pas enclenchée. Tant mieux me dis-je car les mises en route et suspension d'alarme laissent généralement des traces, souvent par le biais d'email, lorsque celles-ci sont reliées à un central et c'était le cas de celle de ma mère. Je refermais la porte. La maison était silencieuse. Seule, la petite chienne Nono qui dormait dans son panier, vint vers moi pour réclamer des caresses. Je me mis à imaginer un instant que mon père, depuis le monde des morts pouvait me voir. Mais je me rassurais en me disant que je ne venais rien voler ! J'entrais ensuite dans la chambre parentale. Maman avait mis de l'ordre depuis la dernière fois. Ses vêtements étaient rangés, rien ne traînait, ni sur son lit qui avait été fait, ni sur son fauteuil. Je pensais qu'elle avait certainement retrouvé du courage pour ne pas se laisser aller. Je m'approchais du secrétaire. La clé ne se trouvait pas dessus ! Incroyable, je n'avais jamais vu ce meuble sans sa clé. Mais comment était-ce possible ? Je me mis à paniquer. Mais diable pourquoi suis-je ici, seul et en cachette, dans la chambre de mes parents, à vouloir chercher un objet qui est censé avoir été vendu et qui est peut-être, si on en croit les esprits, caché dans ce meuble. Là, vraiment, je me trouvais ridicule ! Je n'avais jamais prêté le moindre crédit aux croyances de ce genre. Je repris mon souffle pour retrouver mon calme. Il fallait que je réfléchisse. Pourquoi ma mère aurait enlevé la clé ? Elle ignorait complètement mon intention. Elle ne pouvait même pas la deviner ! Alors je regardais par terre et là, je la vis. Toute seule, comme un joyau, elle brillait, dorée au milieu de la descente de lit, elle était tout simplement tombée. Je la ramassais, rassuré, en me promettant de la remettre là où je l'avais trouvée en repartant. Mais tout restait à faire maintenant. J'ouvrais le meuble. Il était pratiquement vide. Maman avait dû enlever les papiers qu'il contenait après la mort de papa pour nous les montrer dans son bureau du rez-de-chaussée. Je commençais à enlever les deux petits tiroirs du côté droit et je jetais un œil sur la paroi interne du meuble. Je vis alors, comme sur le secrétaire en photo sur internet, un petit trou dans le fond. J'avais apporté avec moi un outil multifonctions au cas où j'en aurais besoin. Je sortis la branche en forme de pointe. Je l'enfonçais dans le trou, j'appuyais de plus en plus fort lorsque j'entendis soudain un déclic. Miracle, le morceau de bois qui servait de support à droite des tiroirs était sorti du meuble en venant vers moi. Il était à peine entrouvert et je devais tirer dessus pour en apercevoir l'intérieur, et à ce moment-là je la vis ! La montre de papa était là. C'était inouï ! J'avais réussi. Papa ne m'avait pas trahi. Elle était toujours aussi belle, juste un plus usagée que dans mes souvenirs. Son cadre n'avait pas bougé. En or blanc, patiné par les années il me paraissait si beau que je le posais immédiatement sur mon poignet pour voir l'effet rendu. Le bracelet en revanche était très usé. Cette montre appartenait à mon père depuis tant d'années… Je l'avais toujours vue. Il avait dû garder le bracelet d'origine, me disais-je. J'étais tellement heureux que j'en oubliais à la fois que j'étais dans la chambre de ma mère à son insu et que je venais de trouver un objet caché grâce à un message apparemment d'origine médiumnique. Je repris mes esprits aussitôt, me préparant à filer rapidement. Soudain, une idée me vint. Ce secrétaire devait posséder au moins un autre tiroir secret. Peut-être dissimulé au même endroit, mais de l'autre côté ? J'allais rapidement jeter un œil à la fenêtre pour vérifier que ma mère n'arrivait pas et je regardais mon portable. Il n'y avait qu'un quart d'heure que j'étais arrivé, j'avais le temps de poursuivre mes investigations. Je ne cherchais rien de plus que la montre pourtant, mais quelque chose en moi me poussait à vérifier l'autre tiroir. J'espérais découvrir des secrets enfouis de mon père décédé. Je fis la même manipulation que précédemment. Je vis à nouveau un petit trou dans le renfoncement où se trouvaient les tiroirs superposés. J'appuyais avec ma pointe. Ce côté était plus dur à ouvrir. Je me décidais à forcer un peu la pression et Clic, l'autre cachette secrète s'ouvrit avec un bruit plus accentué. On aurait dit que ce compartiment était resté plus longtemps sans avoir été utilisé. Le petit casier s'ouvrit en grand. Je plongeais mes yeux et je découvris un bout de tissu de soie verte. C'était un petit foulard, le genre de ces carrés de style indien que portaient les jeunes il y a quarante ans autour du cou, genre baba cool. Je le tirais hors de son antre, il était enroulé sur lui-même car la cachette était étroite. En se déroulant, un petit papier qui avait été glissé à l'intérieur tomba sur le tapis. Je me baissais pour le ramasser et je vis que c'était un dessin fait au crayon sur un morceau de canson un peu épais. Il représentait une petite fille asiatique, en train de coudre. Le dessin était minutieux, précis et très joli. Je retournai le papier et je vis écrit derrière, toujours au crayon et d'une écriture qui m'était inconnue « La petite fille qui coud ». Bon tout ça c'était bien joli mais qu'allais-je faire maintenant ? Il fallait que je réfléchisse vite. Ma mère allait bientôt revenir et je ne pouvais emporter avec moi ni la montre ni ce foulard et ce dessin. Je remis rapidement chaque chose à sa place, dans la position où je les avais trouvées. Je replaçais donc avec regret la montre dans sa cachette car ma mère n'était apparemment pas au courant de son existence dans ce tiroir. Elle m'avait dit que mon père l'avait vendue et elle avait eu l'air sincère. Je pensais qu'il lui avait juste menti, sinon, elle aurait placé cet objet dans son coffre avec les autres bijoux. Mais pourquoi lui aurait-il menti au sujet de cette montre ? Je me souvenais de l'air contrarié autant qu'ennuyé de ma mère en m'avouant qu'elle ne l'avait plus. Je ne pouvais décemment pas la ramener chez moi non plus, qu'aurait dit Claire ? Comment lui avouer que j'étais allée en cachette fouiller au domicile de ma mère, dans un meuble spécial, sur indications d'une inconnue qui parlait en dormant. Tout ceci était vraiment grotesque, une histoire à dormir debout. Je refermais le secrétaire après avoir tout remis en place et je posais délicatement la clé sur le petit tapis à côté du lit, à peu près au même endroit qu'à mon arrivée. Je ramenais Nono dans son panier car elle tournait autour de mes jambes pour me faire la fête, avant de refermer précautionneusement la porte d'entrée à double tour. Je marchais rapidement jusqu'à ma voiture et juste au moment où je m'installais au volant, j'aperçus ma mère dans mon rétroviseur. Elle revenait du marché, son panier à roulettes apparemment chargé. Ouf me dis-je, il était temps. J'avais réussi et j'étais soulagé. J''étais intrigué bien sûr mais tellement heureux. Non, mon père ne s'était pas débarrassé de la montre, il me l'avait promise et il comptait sûrement me la donner, mais il restait bien des mystères à éclaircir. Pourquoi avait-il fait croire à ma mère qu'il l'avait vendue. Que venaient faire dans l'autre tiroir ce petit foulard avec ce petit dessin ? Comment se faisait-il qu'une inconnue croisée dans un avion le temps d'un voyage me révèle en dormant un tel secret qui s'avérait finalement être une réalité ? Tout cela tournait dans ma tête mais je décidais de remettre à plus tard mes questionnements, peut-être mes enquêtes car pour le moment je devais au plus vite revenir à l'hôpital poursuivre ma journée de travail. J'avais le cœur heureux en tout cas, je n'avais pas été trahi, du moins par mon père.

CHAPITRE 6

Ma vie avait naturellement repris son cours. La routine s'était réinstallée, du moins dans les apparences. Bien sûr, comment parler de routine alors que mon métier m'amenait à rencontrer des patients dont les pathologies étaient diverses, à devoir poser des diagnostics parfois épineux et à traiter des cas souvent identiques mais qui me demandaient en tout cas toute ma réflexion et toute ma concentration. La vie de famille avait également repris son cours et nous, les Clermont avions passé les fêtes de Noël pour la première fois sans Philippe mon père, décédé deux mois plus tôt. Fred et Antoine, mes frères, étaient « descendus » de Paris avec leurs compagnes et leurs enfants. Hébergés par Gabrielle, notre mère dans sa grande maison, nous nous étions tous retrouvés autour du sapin le soir du 24, et pour le repas de Noël le lendemain. Les femmes de la maison s'étaient occupées de tous les préparatifs car la pauvre Gabrielle se sentait vraiment dépassée et avait besoin de repos. Elle venait de temps à autrequ jeter un œil, histoire de superviser quand même tout ce qui se passait chez elle. J'avais été très heureux de revoir mes frères car depuis les obsèques de notre père, nous n'avions pas eu l'occasion de nous retrouver. Nous avions pu ainsi partager des souvenirs de notre enfance, de notre jeunesse et raconter des petits secrets d'ados que nous avions cachés jusque-là, devant notre mère ébahie et faisant mine d'être scandalisée. Les petits enfants avaient également bien contribué à la bonne humeur de ces fêtes. Pour eux, leur grand-père n'était plus là mais la joie d'être ensemble et d'ouvrir des cadeaux au pied du sapin avait pris le dessus et avait forcé les adultes à plus de légèreté.

Claire avait retrouvé avec plaisir ses deux belles sœurs qu'elle appréciait. Laetitia, l'épouse de Fred était infirmière. Elle était très ouverte et chaleureuse. Ils avaient un fils, Thomas âgé de 6 ans. Quant à Sarah, l'épouse d'Antoine l'informaticien, elle ne travaillait pas. Elle s'occupait de leurs deux enfants Camille et Charles. Les deux couples, bien que vivant en région parisienne avaient peu d'occasion de se voir. Les retrouvailles dans la maison familiale étaient une parenthèse joyeuse pour toute la famille. Nono, la petite chienne York était à la fête. Les enfants la faisaient courir, jouer et lui donnaient fréquemment en cachette sous la table, des petits morceaux de nourriture. Gabrielle avait été forcée de reconnaître que tous ses enfants et petits enfants étaient extrêmement gentils avec elle, à ses petits soins. Malgré son chagrin, elle faisait effort pour contenir ses larmes et ne pas ternir par sa tristesse la gaieté des enfants et de leurs parents. Les vacances s'étaient terminées et chacun était maintenant rentré chez soi.

Je m'étais donné du temps pour essayer de comprendre ce que j'avais vécu ce dernier mois de décembre, que ce soit pendant mon voyage en Asie ou chez ma mère. J'avais surtout été rassuré de constater que mon père ne m'avait pas trahi et je m'étais dit que le reste pouvait attendre. La nouvelle année avait débuté dans la bonne humeur car Claire avait été sollicitée pour effectuer le remplacement d'un généraliste pas très loin de chez nous. Elle tenait à conserver la main dans son métier tout en ayant du temps à consacrer à nos filles, donc faire des remplacements lui convenait parfaitement et elle en faisait régulièrement. Toute la famille avait l'habitude et s'organisait en conséquence. Les jours passaient et je me mis à réfléchir sur la façon dont j'allais m'y prendre pour mener mon enquête ou plutôt mes enquêtes. Pour commencer je me dis que j'allais me renseigner sur la médiumnité. Évidemment je ne voulais pas passer pour un imbécile et je ne pouvais pas me permettre de poser des questions à n'importe qui. Je ne pouvais pas non plus chercher sur un moteur de recherche s'il y avait des médiums dans mon quartier et me présenter à la première adresse venue car je savais que je pouvais tomber sur un charlatan comme il en existe une pléthore. Comment me renseigner discrètement ? Je regardais sur un site en ligne s'il y avait des livres sur le sujet et je tombais à la renverse en voyant la liste importante d'ouvrages qui en parlaient. Comment me fier à ce genre de littérature ? L'autre problème que je rencontrais était lié à mon emploi du temps chargé qui m'empêchait de me consacrer tranquillement à la lecture. Je me dis qu'il fallait que j'aille droit au but. Le meilleur moyen de tirer tout cela au clair, était d'aller voir quelqu'un de confiance qu'on m'aurait recommandé. Mais à qui demander ? Je voulais savoir mais en même temps j'avais honte de ma démarche. Ah, mon père se moquerait bien de moi s'il me voyait, pourtant les événements que j'avais vécus, en particulier avec les tiroirs secrets de son bureau étaient bien la preuve qu'il existait tout de même quelque chose que je ne pouvais pas expliquer de façon rationnelle. Je pensais un instant me renseigner auprès d'une des secrétaires de l'hôpital que je connaissais de longue date et en qui j'avais toute confiance, mais j'avais du mal à m'imaginer lui demander si elle connaissait un médium fiable dans les environs. Elle aurait du mal à garder l'anecdote pour elle et très vite tout le staff de l'hôpital serait au courant. Je pensais ensuite à ma belle-sœur Laetitia, qui était infirmière en région parisienne. Elle avait évoqué une fois son intérêt pour des techniques énergétiques qui aidaient vraiment les malades et qu'elle utilisait parfois, mais d'une part Laetitia vivait en région parisienne et d'autre part elle était l'épouse de mon frère. Non, il faudrait que je sois beaucoup plus discret. Je revins une nouvelle fois sur la liste de livres traitant du sujet sur le site internet de vente en ligne. Je fus plus particulièrement attiré par un titre et ce qui m'encouragea à me procurer l'ouvrage fut d'abord le nombre de commentaires positifs qui le concernaient, commentaires souvent avisés et qui donnaient à ce livre un aspect plus sérieux. Ensuite, je me souvins que je possédais une liseuse et que sous forme d'ebook, je pourrais tout à loisir découvrir de quoi il s'agissait sans que personne ne sache ce que j'étais en train de lire. La liseuse était bien pratique car elle présentait une couverture unique neutre contenant tous les volumes. Je me décidais et en quelques clics, je pus télécharger l'ouvrage en question.

Le livre s'appelait « comment devenir medium en quelques exercices ». Dès les premières lignes, je compris que cette faculté, pourtant ouverte à tous les humains était néanmoins plus ou moins accessible selon les dispositions, parcours et croyances de chacun. Mais j'aimais les défis et je me disais que la vie m'avait placé dans une situation que je n'avais pas choisie, m'avait envoyé un message sans que je ne le demande, alors elle devrait aussi m'aider dans mon cheminement qui devenait plus spirituel. Je me sentais confiant, j'avais vraiment envie de me dépasser comme je ne l'avais jamais fait auparavant, dans un domaine tellement plus intime et si différent. J'entrerai peut-être, qui sait, en contact avec ce père que j'avais aimé autant que redouté. Avant cela je savais que je devrais me plier à une discipline quasi quotidienne, la méditation. De plus il me faudrait développer ma patience, ma foi, être persévérant et humble. Tout un programme que le destin m'imposait. Au pire, me dis-je, si je n'y arrive pas j'irai voir un extralucide. Je finirai bien par trouver quelqu'un de recommandable, de fiable. Mais tout en essayant de me rassurer, je ne pouvais m'empêcher de ressentir au fond de moi la méfiance habituelle que j'attribuais à ce type de professionnels. Le mot même « extralucide » que je venais d'employer me fit sourire, cela ressemblait tellement à charlatan ! En parcourant les pages suivantes, je lus encore que je ne devais absolument pas me mettre de pression, avoir hâte de réussir sans quoi le processus allait inévitablement en être ralenti. Je reposais ma liseuse, dégoûté. On verra ça plus tard me dis-je. En fait, depuis toujours je n'avais fonctionné et réussi qu'avec la rigueur, la discipline, le stress, la pression et la vie me demandait maintenant d'apprendre à être à l'opposé de ce que j'avais toujours été !

Je repensais un instant à Lilas. En fait, tout était parti de ma rencontre avec cette femme. J'avais bien son numéro de téléphone et j'aurais pu l'appeler mais j'avais du mal à imaginer ce que j'aurais pu lui dire. A quoi bon lui révéler qu'elle avait parlé dans son sommeil puisqu'elle n'en avait pas été consciente. J'avais bien eu envie de le faire auparavant, en particulier lorsque je l'avais revue à Bali, mais rien ne laissait supposer que Lilas avait un rôle à jouer auprès de moi. C'était une inconnue, qui peut-être avait servi d'intermédiaire entre moi et mon père. A force de suivre des formations et stages dans le domaine du bien-être elle était peut-être elle-même devenue médium ? Si c'était le cas, elle ne le savait sûrement pas elle-même car sinon, elle m'aurait délivré le message en étant éveillée non ? me dis-je, un peu découragé.

Je ne voyais pas d'autre issue pour le moment que de me replonger dans mon ebook le plus souvent possible pour essayer d'avancer. Du côté de ma découverte de la montre cachée dans le secrétaire de mon père, que pouvais-je faire ? Ma mère m'avait dit qu'elle avait été vendue. Je ne pouvais aller plus loin et surtout révéler que c'était faux. Je ne voulais pas créer de scandale. Et puis, je repensais au deuxième tiroir secret. Ce foulard indien vert pomme avec le petit dessin à l'intérieur… Qu'est ce que tout cela voulait dire ? Pourquoi mon père l'avait-il caché ? J'arrêtais volontairement de m'interroger car je voyais bien que je n'obtiendrais pas facilement les réponses à toutes mes questions.

Un mois passa et, toujours dans la lecture de mon livre, je commençais à m'impatienter. Je m'efforçais de méditer régulièrement, enfin, comme je pouvais car mon tempérament hyperactif m'envoyait très vite le message « mais à quoi bon perdre ton temps », dès que j'avais commencé à me détendre en fermant les yeux. De plus, j'avais découvert que mon égo pouvait être un énorme frein à mon évolution spirituelle. Comme tout le monde, je ne pensais pas avoir un égo surdimensionné mais en apprenant que c'est derrière lui justement que se cachent les blessures, je me dis qu'il existait tout un univers que je m'étais efforcé d'ignorer, tout un pan de ma vie que j'avais rejeté pour me protéger et qui malgré tout continuait d'exister, tapi derrière le voile de mes croyances.

Des blessures ? Mais je savais très bien que j'en avais. J'avais toujours trouvé que les gens qui s'occupaient de ce genre de détails dans leur vie, étaient tout simplement des débiles car il fallait avant tout être fort et dépasser si possible ses limites. Il était important de savoir se blinder ! C'était aussi cela que m'avait appris mon père et je l'avais toujours cru. Je me permettais même de juger tous ceux qui d'après moi, passaient leur temps à « se regarder le nombril ». Oui, c'était écrit noir sur blanc sur ma liseuse, notre égo devient un ennemi lorsqu'il prend possession de nous et nous empêche d'être réellement nous-mêmes, des êtres humains toujours perfectibles. Je sentais au plus profond de moi que c'était une vérité ! Et comment se retrouver soi-même lorsqu'on a des peurs ? La peur d'être rejeté par les autres, de ne pas être reconnu, d'être trahi, abandonné, humilié, d'être inexistant et de souffrir. Je repensais rapidement à certains épisodes douloureux que j'avais vécus dans mon adolescence et, en essayant de me les remémorer émotionnellement, je sentis immédiatement monter en moi, non seulement de la colère mais aussi un désir impérieux de prouver que j'étais bien plus que ce qu'on disait de moi. Si j'avais eu, à ce moment-là, la certitude d'être déjà quelqu'un de bien, je ne se serais pas senti autant blessé. « L'être humain est imparfait par nature, il possède des talents, des qualités mais aussi des faiblesses, des lacunes. Tout ceci est, on ne peut plus normal ». En lisant ces lignes, je me dis que cela devrait être enseigné à l'école, à tous les enfants, de façon à les rassurer sur ce qu'ils sont en réalité ! Chercher à s'améliorer est naturel mais pouvoir se passer de l'orgueil pour se sentir quelqu'un serait idéal, murmurais-je.

Je posais mon livre, dépité. Je devrais effectuer un travail sur moi-même si je voulais avancer, à moins, une fois de plus de me faire aider par un professionnel. Cela aurait l'avantage d'aller plus vite et surtout de ne pas m'obliger à faire un retour sur ma vie et mes blessures. Je n'en avais vraiment pas très envie. Cela allait d'abord me prendre beaucoup trop de temps et certainement me perturber. Il fallait à tout prix que je garde ma stabilité. C'était capital, pour que je puisse continuer d'assurer mon travail et pour la bonne marche de mon couple. Claire avait toute confiance en moi et je me montrais fiable et solide dans mon milieu professionnel. Je repris ma liseuse en me disant que de toutes façons, il était quand même peu probable que je puisse devenir médium juste en lisant un livre et en pratiquant quelques exercices. Je regardais le nom de l'auteur, Joanna Perri. Bon, cette dame a l'air d'en connaître un rayon, me dis-je, elle donne peut-être elle-même des consultations ? Je cherchais à la fin de l'ouvrage et comme je l'espérais, je trouvais ses coordonnées. Cette Joanna proposait des stages, des ateliers et pour faire sa publicité, elle avait un site internet. Je me connectais l'instant suivant sur son site. Je n'avais pas envie de tout lire car je n'avais aucune intention d'y participer. Tout ce que je cherchais, c'était soit son email soit un numéro de téléphone. Sur sa page « contact », je découvris enfin que je pouvais prendre rendez-vous avec elle. Le problème était toutefois qu'elle était installée en région parisienne. J'aurai donc, soit à me déplacer pour une consultation, soit accepter d'en avoir une par téléphone. J'étais doublement sceptique : déjà par rapport à la capacité de certaines personnes de pouvoir communiquer avec l'au-delà, ensuite pouvoir faire cette manœuvre en ligne. Alors là… c'était vraiment le summum ! En y regardant de plus près, je me rendis compte qu'elle n'affichait pas de tarif exorbitant. Une consultation par téléphone coutait moins de 100 €. Bien sûr, je n'avais pas prévu de rester une heure en ligne car ce que j'avais à lui demander était très clair. Était-ce mon père qui m'avait parlé à travers Lilas ? Pourquoi avoir choisi cette personne que je ne connaissais pas pour s'exprimer ? et ma dernière préoccupation concernait la montre et sa cachette. Je me disais qu'une extralucide devrait pouvoir me répondre car mes questions étaient précises. Si elle commençait à me demander des explications, cela serait le signe qu'elle était incompétente.

J'étais rentré à la maison un peu plus tôt que d'habitude, les filles étaient occupées à faire leurs devoirs et Claire était en remplacement au Cabinet du Docteur Piquet. J'étais donc tranquille dans mon bureau. J'avais pris rendez-vous avec la fameuse Joanna pour 17h30. Je l'appelais et après avoir réglé la consultation avec ma visa, je réussissais à avoir cette personne en ligne.

- Allo, vous êtes Joanna ?

- Oui, bien sûr, bonsoir Monsieur. Vous avez choisi la demi-heure, donc je vous écoute. Que voulez-vous savoir ?

- Je voudrais avoir des informations sur mon père qui est décédé il y a deux mois et demi environ.

- Oui, pouvez-vous me dire son prénom s'il vous plait ?

- Il s'appelait Philippe. Que pouvez-vous me dire de lui ?

- Il vous a fait des signes peut-être ? répondit la voix

J'étais troublé mais je me repris rapidement.

- Oui, on peut dire ça. Il m'a fait signe.
- Monsieur, svp, je vous demande quelques instants, je dois me concentrer. Je reviens vers vous dans une minute.

Le temps passait et je commençais à m'impatienter.

- Bon, reprit la voix, j'ai bien communiqué avec votre père. Il me dit qu'il a été en lien avec vous. Il vous a même envoyé un message qu'apparemment vous avez reçu.
- D'accord, c'était bien lui, je m'en doutais, mais je voudrais en savoir davantage.

- Vous savez Monsieur, on ne peut pas tout savoir. Les êtres de l'au-delà n'ont pas le droit de tout nous dire. Écoutez, reprit la voix, je me concentre à nouveau.

J'attendais et j'étais encore plus impatient. Jusqu'à présent, cette personne avait vu juste mais ne m'avait rien appris que je ne savais déjà. J'étais un peu amer même si je n'attendais pas de miracle de cette conversation téléphonique ; La voix reprit cinq minutes plus tard.

- Voilà Monsieur, je vais vous dire ce que je viens de voir... J'ai clairement vu une montre, une très belle montre, de valeur. Est-ce que cela vous dit quelque chose ? Elle est de couleur grise, peut être en or blanc. Le bracelet était en cuir, heu non, en écailles. C'était peut-être du serpent ou du crocodile...

- Oui, effectivement, c'est la montre de mon père.

- Là vous vous trompez Monsieur. Ce n'est pas la montre de votre père. Il l'a peut-être portée mais elle n'était pas à lui. Cela j'en suis certaine.

J'étais interloqué et je ne comprenais plus rien. Il faudrait que j'intègre cette donnée maintenant car ce que cette Joanna venait de me dire, collait avec la vérité mais en partie seulement.

- Ok Madame, très intéressant. Avez-vous vu autre chose s'il vous plait, rajoutais-je, un peu hésitant.

- Oui Monsieur. Mais c'est assez décousu. Je ne comprends pas ce que cela veut dire, mais vous le pourrez certainement. J'ai donc vu, et je ne sais pourquoi un pays asiatique, peut-être le Vietnam ou le Laos, enfin par là-bas... et des dessins. De très beaux dessins au crayon ou au fusain, des petits, des grands, représentant des paysages et des gens de ce pays, ajouta-t-elle.

Je repensais au petit dessin que j'avais trouvé dans le tiroir secret du secrétaire...

- Oui Madame, en effet, cela veut dire quelque chose pour moi. Mais vous ne pouvez pas m'en dire davantage ? Voyez-vous un foulard ? une femme d'un certain âge par exemple ?

- Monsieur je vous ai dit tout ce que j'ai vu. Je ne peux pas inventer pour vous faire plaisir. Vous savez, la connexion avec les mondes parallèles ne me permet pas d'accéder à toutes les informations que je souhaite obtenir. D'ailleurs, on ne me communique que ce que j'ai le droit de voir et de vous dire. Donc apparemment Monsieur, je vous ai tout dit. Désolée, je n'ai pas d'autre information pour vous. La demi-heure est passée, je dois vous laisser. Bonne fin de journée Monsieur.

Et elle raccrocha. J'étais bien avancé ! Je ne pouvais pas dire que cette femme avait tout inventé. Elle aurait pu au début de la conversation bien sûr imaginer que mon père m'avait fait passer un message. Une communication avec le monde des morts peut être facilement interprétée par une coupure de courant, une ampoule qui clignote, que sais-je. Donc, elle pouvait en parler sans crainte de se tromper. Juste après un décès, les gens sont tellement secoués qu'il est fréquent de les entendre raconter ce genre d'anecdote. En général cela les rassure. Donc Joanna avait pu sans crainte de faire une erreur, imaginer que mon père avait cherché à me dire quelque chose. Elle n'avait pas précisé de quelle façon mon père s'était adressé à moi. En revanche, me parler de la montre et la décrire comme si elle la voyait me laissait complètement perplexe. J'étais même bouleversé. Cela semblait irréel. J'étais quand même témoin d'une certaine faculté paranormale de la part de cette femme. Elle n'avait pas cherché à me faire parler pour en arriver à une conclusion. Elle avait bien vu, en lien avec mon père, la montre Patek Philippe. Mais ce qui me dérangeait, c'était de l'avoir entendue me dire que ce bijou n'était pas la propriété de mon père. C'était pourtant inconcevable. Je la lui avais toujours vue au poignet. Pourquoi ne serait-elle pas la sienne ? Il ne l'avait pas volée tout de même. Il avait des défauts je veux bien, mais voler un tel objet était impossible. En y réfléchissant, je me disais aussi qu'il y avait un mystère autour de cette montre. Ce n'était pas clair du tout. D'une part mon père m'avait promis, alors que je n''étais qu'un enfant, qu'elle me reviendrait, d'autre part ma mère m'avait annoncé que mon père l'avait vendue alors que je l'avais trouvée cachée dans un tiroir secret. Mystère et boule de gomme, me dis-je. Je repensais aussi à mes derniers moments de communication avec Joanna. Elle m'avait parlé du Vietnam ou du Laos. Mon père avait beaucoup voyagé pour son travail de journaliste. Il avait dû se rendre dans ces pays. Il avait gardé bon nombre de dossiers professionnels dans son bureau du rez-de-chaussée de la maison familiale. Il faudra que j'aille y jeter un œil, me dis-je.

Bon, Claire allait revenir. Il fallait vite que je retrouve mes esprits et que je regarde ce qu'on allait manger ce soir... En tout cas, même si mon appel à cette Joanna n'avait pas été à la hauteur de ce que j'espérais, j'avais quand même eu quelques informations qui allaient me permettre de continuer mes recherches.

CHAPITRE 7

En fait, mon père avait fait sa crise cardiaque fatale alors qu'il était chez lui mais il était toujours officiellement en activité. Il avait dépassé les soixante- dix ans mais il n'avait pas envisagé une seule seconde de prendre sa retraite. Il avait passé toute sa carrière comme journaliste et reporter, il avait même, à une époque, couvert des événements importants de l'actualité de pays en guerre. Son métier, c'était sa passion. Il avait, avec les années, créé un réseau important d'amis, de collègues avec lesquels il aimait travailler. Il avait fini par devenir indépendant, n'appartenant à aucun journal en particulier car il avait réussi à se rendre suffisamment populaire et apprécié pour se voir proposer des missions de façon régulière. Ainsi, il organisait son temps à sa guise, et il avait le privilège de ne se mobiliser que pour des événements qui en valaient la peine. Ma mère appréciait de son côté de l'avoir plus souvent à la maison et tout se passait bien jusqu'à cet épisode cardiaque fatal. A son décès, les média ne manquèrent pas de diffuser l'information, de se manifester et lors de ses obsèques, des photos de presse furent publiées dans de très nombreux journaux. Ma mère, malgré son chagrin était fière, comme nous l'étions aussir, ses enfants, car nous y voyions un signe d'estime et de reconnaissance pour toute la carrière brillante qu'il avait eue. Lors du service religieux, l'église était pleine et au cimetière, une foule de professionnels et de curieux étaient présents. Une fois l'effervescence retombée, nous nous étions retrouvés, avec mes frères, pour nous occuper de toute la paperasse liée à sa succession. Ma mère avait pris soin de regrouper tous les documents officiels importants dans un dossier qu'elle avait déposé sur le bureau du rez-de-chaussée. Nous nous étions occupés de toutes les formalités mais nous n'avions absolument pas touché à tout ce qui concernait son travail. C'était pour nous un peu tabou. Nous n'osions ni ouvrir un tiroir ni une armoire tant cela représentait à nos yeux sa propriété, son antre. Nous éprouvions un tel respect pour lui et pour son engagement journalistique, que nous n'avions même pas évoqué l'idée de revenir plus tard y mettre de l'ordre.

Le rez-de-chaussée du « château » était le repère de mon père. En dehors du garage dans lequel étaient abritées les deux voitures de mes parents, se trouvaient la grande salle de réunions et son bureau. Les documents professionnels de mon père étaient rangés dans ces deux pièces. Dans la grande salle trônaient au milieu, des tables et chaises nécessaires aux réunions. Il y avait aussi un billard qui servait généralement en fin de soirée, et une grande armoire, puis dans la pièce voisine, beaucoup plus petite, mon père avait installé il y a très longtemps un meuble bureau en acier gris avec tiroirs, équipé d'un retour pour poser l'ordinateur. Ce meuble d'une autre époque était rayé à plusieurs endroits mais mon père ne voulait pas s'en séparer. Il ne voyait pas l'intérêt de s'équiper de façon plus moderne car disait-il, ce n'était pas le meuble qui faisait la qualité de la rédaction.

A l'arrière, se trouvait un grand placard, en acier gris, assorti au bureau. A l'intérieur, on devinait par les portes souvent entrouvertes, une multitude de dossiers suspendus. En fait, après toutes ces années de labeur, mon père avait accumulé une grande quantité de documents, des cahiers, des carnets, des photos, des coupures de presse et beaucoup d'archives. Avec mes frères nous avions décidé de ne pas y toucher rapidement car tout cela était un peu sacré pour nous et notre mère. Nous savions qu'il nous faudrait bien un jour faire un tri et nous débarrasser de beaucoup de choses mais le décès de papa était trop frais pour que nous ayons le courage de nous lancer dans cette tâche.

Je venais de vivre une semaine très chargée à l'hôpital et le week-end arriva enfin. Claire avait prévu de faire des emplettes en ville le samedi avec une de ses amies ; quant à moi, je m'occupais des jumelles. Je profitais d'un peu de mon temps libre ce matin-là pour surveiller leurs devoirs et jouer un peu avec elles. Je continuais à penser à ce dont m'avait parlé Joanna. Laos ou Vietnam ? Mon père y était très certainement allé dans le cadre de son travail mais il ne nous en avait jamais parlé, du moins je ne m'en souvenais pas. Il faudrait que j'en aie le cœur net et que je me décide à mettre le nez dans ses armoires, me disais-je. D'ailleurs, le lendemain étant un dimanche, et j'étais à peu près certain que nous irions voir ma mère. Nous ne la prévenions pas forcément à l'avance car nous n'y passions juste qu'une partie de l'après-midi. Un coup de fil avant de venir pour être sûrs qu'elle était disponible et c'était réglé car nous n'habitions qu'à un quart d'heure de chez elle. Comme je l'avais prévu, le dimanche après-midi arrivant, ma mère nous appela elle-même pour demander si nous avions prévu de passer la voir. Arrivés au château, je trouvai ma mère un peu ragaillardie. Elle se nourrissait mieux et avait repris un peu de poids. Toujours habillée de noir, elle avait l'air triste mais à la vue des jumelles, elle sourit et parut heureuse. Nous nous installâmes dans le salon mais comme il faisait beau, Claire alla ouvrir la porte-fenêtre qui donnait sur la terrasse pour laisser un peu de soleil entrer dans la maison. Les filles avaient emmené un jeu de société et elles jouaient ensemble. Je ne savais comment aborder le sujet du rez-de-chaussée… Je me disais que si je proposais de but en blanc à ma mère d'aller le ranger, elle s'y opposerait. Le décès de papa ne remontait qu'à deux mois et demi et tout ce qui lui avait appartenu était comme figé dans l'esprit de ma mère, ou du moins devait le rester encore quelque temps. Pourtant, je n'avais qu'une envie, trouver des dossiers mentionnant des missions qu'il aurait effectuées soit au Laos, ou au Vietnam, peut-être au Cambodge ? Joanna avait eu l'air vague. Il s'agissait bien de pays asiatiques mais elle était hésitante au moment de les citer. De plus, je me demandais vraiment pourquoi il fallait que j'aille chercher des indices dans ces vieux dossiers. Joanna ne m'avait en fait pas dit grand-chose. Elle avait parlé de la montre, très clairement. Elle l'avait décrite avec précision mais avait ajouté que ce bijou n'appartenait pas à mon père même s'il l'avait porté. J'avais été surpris par une telle révélation d'autant que je la lui avais toujours vue. Ensuite, elle avait parlé de dessins représentant des paysages ou des personnes originaires de pays asiatiques. J'avais aussitôt pensé à ce petit morceau de papier, au creux du foulard indien enroulé sur lui-même, caché dans le tiroir secret de mon père. Je repassais tout cela dans ma tête, me disant qu'il devait forcément y avoir une logique lorsque j'entendis Claire proposer à ma mère d'aller faire un tour à pied.

- Cela ne t'ennuie pas qu'on te laisse un moment, Nicolas, me dit Claire ?

- Absolument pas, allez prendre l'air et marcher un peu, ça vous fera du bien, m'entendis-je répondre aussitôt, trop content de l'aubaine qui se présentait à moi.

Je les regardais passer le portail du jardin, depuis la terrasse et dès qu'elles disparurent au coin de la rue, je descendis au rez-de-chaussée. J'avais laissé les filles jouer, elles avaient l'air calmes et surtout bien occupées. J'avais décidé de commencer à chercher dans le bureau de mon père. J'ouvris son armoire et je découvris de nombreux dossiers de type administratif. Il s'agissait essentiellement de contrats, permis, autorisations diverses. Ce n'était pas du tout ce que je cherchais. Dans les tiroirs de son bureau, il n'y avait rien pouvant m'intéresser non plus. Je me demandais où il avait bien pu ranger ses comptes-rendus de reportages ? Je m'approchais de la porte de la grande salle et au moment où j'allais l'ouvrir, j'entendis la voix des femmes qui rentraient déjà. Je fis demi-tour et je remontais quatre à quatre les marches de l'escalier intérieur. J'arrivais avant elles dans le salon, un peu essoufflé, de façon à les accueillir comme si de rien n'était. Ouf, j'étais arrivé à temps. Au final, elles étaient revenues plus tôt que prévu car ma mère avait cru à une température plus clémente qu'elle n'était en réalité. Après être allée chercher une veste plus chaude, elles repartirent toutes les deux en promenade. Je me précipitais à nouveau en bas et cette fois j'allais droit vers la grande armoire de sa salle de réunion. Elle était fermée à clé. Pas de chance, vraiment ! Après une seconde de réflexion, je revenais à son bureau. J'ouvrais le tiroir du haut et sur la tablette réservée aux crayons et stylos, je trouvais une clé. Bingo ! C'était la bonne. J'ouvrais alors rapidement la fameuse armoire et je vis pour la première fois de ma vie, entassée dans des dossiers suspendus, toute la carrière de mon père, tous ses voyages, toutes ses missions, tous ses écrits, brouillons, correspondances. J'étais admiratif. Il avait travaillé pour tant de journaux, dont certains extrêmement connus. Bon, ce que je cherchais était certainement dans un de ces dossiers, mais il y en avait tellement… J'en prenais un au hasard et je vis sur la couverture, l'année concernée et la liste des différents pays et/ou régions dont il était question. J'avais de la chance, mon père était quelqu'un d'ordonné. Il avait pris soin de trier et de ranger l'ensemble de son travail. Visiblement, en allant de gauche à droite et de bas en haut, les dossiers semblaient suivre un ordre chronologique. Le plus ancien en bas, le plus récent en haut à droite. Je ne savais par où commencer. Quand avait-il pu se rendre en Asie et plus précisément au Vietnam ? Il y avait eu tant d'événements d'actualité dans ce pays. Je me souvins que François Hollande s'y était rendu en 2016. J'attrapais la chemise 2016 et en feuilletant très vite l'ensemble des papiers et photos, je ne voyais rien de particulier, rien qui pouvait faire penser à ce petit foulard vert et au petit dessin à l'intérieur. Mon père y était allé en effet cette année-là, pour couvrir la mission présidentielle. Je regardais les photos et les pages de notes qu'il avait prises. En y réfléchissant, je me dis que ce petit foulard était à la mode à une certaine époque, mais bien avant. Ce carré de tissu en soie indienne faisait penser davantage aux années 70/80, aux années hippies et tout-à-coup, je compris que mon père avait dû couvrir au moins vers la fin, la guerre du Vietnam. Cette terrible guerre ayant pris fin en 1975, je dirigeais mon regard vers le bas de l'armoire à la recherche des dossiers correspondants. Je trouvais alors trois gros dossiers intitulés Vietnam 1, 2 et 3. J'étais tombé juste, mon père était parti là-bas de nombreuses fois. Je n'avais pas le temps d'éplucher dans le détail toute cette documentation. Je me demandais comment j'allais faire car ma mère et ma femme allaient revenir d'un instant à l'autre. Je vis alors, posée en bas de l'armoire, sous les dossiers suspendus, une chemise verte, très plate, avec l'intitulé Vietnam mais sans indication de numéro. Je me dis que le mieux était que je commence par celle-là. A l'intérieur, bizarrement, je ne trouvais qu'un seul papier, une coupure de presse, comme si tout le reste avait été jeté. Elle représentait mon père et un autre homme, plus âgé, chacun portant un appareil photo. La légende mentionnait l'événement et leurs noms : « invasion du Vietnam par la Chine en février 1979 » Philippe Clermont pour « Le Monde » et Steve Barrow pour « BBC News ». J'avais enfin un indice supplémentaire, un homme, qui avait travaillé avec mon père avait été journaliste au Vietnam en même temps que lui. Mais s'étaient-ils rencontrés souvent ? Se connaissaient-ils vraiment, au point de savoir et de se souvenir à qui appartenait ce foulard et qui faisait des dessins ? Manque de chance il n'était pas français. Encore une difficulté supplémentaire me dis-je. J'allais ranger le dossier, lorsque je vis, écrit à la main sur le dos cartonné de la chemise : Steve Barrow – 00 44 020 12645. Ce n'était pas l'écriture de mon père et le numéro de téléphone était suivi d'une dédicace, « à mon ami et collègue Philippe » et d'une signature un peu illisible.

Bien sûr qu'ils se connaissaient me dis-je car je reconnus le préfixe 44 qui est bien celui du royaume uni et si mon père avait pris la peine de garder cette chemise et ce numéro c'est qu'ils devaient s'appeler de façon régulière. Je pris rapidement un post-it et je notais le nom et le numéro de ce journaliste britannique. Je remettais très soigneusement tous les documents dans leur chemise, je refermais vite l'armoire sans oublier de remettre la clé dans le tiroir du bureau et je remontais en vitesse l'escalier.

Les filles étaient encore toutes seules ; elles avaient délaissé leur jeu de société mais jouaient avec Nono qui refusait de leur ramener la balle. Je participais un moment à leur jeu lorsque la porte s'ouvrit. Claire et Gabrielle ma mère étaient revenues de leur promenade. Moi, j'avais un post-it dans la poche avec les coordonnées, peut-être trop anciennes, mais j'avais au moins le nom d'un journaliste de la BBC qui avait connu mon père au Vietnam. Je n'avais pas perdu mon temps, j'avais un indice supplémentaire pour continuer mon enquête.

Dans les jours qui suivirent, je pris mon courage à deux mains pour poursuivre mon travail de détective. Ce fut un travail ardu que de parvenir à localiser Steve Barrow. En effet, le numéro de téléphone que j'avais noté ne fonctionnait pas. Je n'en avais pas du tout été surpris car il était ancien. D'après le dossier de mon père, il devait remonter aux années 70. J'avais tout de même réussi à joindre une personne qui l'avait connu à la BBC et qui m'informa que ce dernier avait pris sa retraite. La seule chose qu'elle pouvait me dire était qu'il était d'origine irlandaise et qu'il avait à plusieurs reprises mentionné son intention d'aller se reposer là-bas lorsqu'il ne serait plus en activité. Il avait juste parlé d'un bled, une petite ville au sud de Kilkenny, Thomastown. Elle rajouta que Steve était un golfeur accompli et qu'il avait exprimé son désir de poursuivre ce sport pendant sa retraite. Pour le retrouver, il faudrait donc chercher dans cette région et vérifier si aux alentours, il n'y avait pas un parcours de golf. Je regardais rapidement la carte sur Google Maps, et je vis en effet que tout près de Thomastawn, un établissement luxueux, le Mount Juliet Estate proposait un parcours de golf 18 trous. J'étais sur la bonne piste. A tous les coups, Steve Barrow devait habiter dans le coin. Il ne me restait plus qu'à trouver ses coordonnées pour le contacter. C'était le plus difficile car après avoir passé plusieurs soirées à chercher sur le net, je n'avais rien trouvé à son sujet. De plus, je restais dubitatif quant à une démarche téléphonique. Même si je trouvais un moyen de le joindre, allait-il accepter de m'écouter et qui plus est, de me renseigner sur d'anciennes missions qu'il avait effectuées avec mon père au Vietnam. Ce que j'avais à lui demander était confidentiel, il s'agissait de placer dans la conversation le petit foulard vert avec le dessin… Non, pour bien faire, il faudrait tout simplement que je me rende sur place, en Irlande, muni de documents prouvant que j'étais bien le fils de son ancien confrère, Philippe Clermont. Mon père ayant disparu récemment, j'avais gardé nombre de journaux qui parlaient de lui, avec photos à l'appui. Il faudrait que je les prenne avec moi pour aider ce fameux Steve à se souvenir au cas où il aurait le cerveau quelque peu ramolli. Je faisais donc le projet d'un nouveau voyage, mais il faudrait cette fois que je mente à Claire. Cela ne m'emballait pas, je n'aimais pas les cachotteries mais comment faire autrement ? Je n'allais pas lui parler de cette histoire folle, du moment où Lilas m'avait parlé dans son sommeil, jusqu'à ma découverte de la montre dans le tiroir secret du meuble de mon père que j'avais fouillé à l'insu de tout le monde. J'étais depuis le début dans une drôle d'histoire, je n'avais pourtant rien fait de mal mais il fallait que je continue à rester discret. Aller en Irlande me faisait envie ; à l'hôpital j'arrivais toujours à m'arranger pour modifier mon emploi du temps, d'autant qu'ils avaient pris l'habitude maintenant de mes déplacements pour motifs de séminaires et symposiums. Le seul hic, était que jusqu'à présent, aucun rendez-vous professionnel n'avait eu lieu dans ce pays. Il faudrait que je trouve un motif ou que j'en invente un, ce qui me paraissait le plus probable. Je me décidais à faire des recherches dans ce sens. Que pourrais-je trouver à Dublin qui justifie un déplacement ? Je me donnais quelques jours pour y réfléchir d'autant que du côté de mes investigations au sujet de Steve, j'avais localisé sur le plan quelqu'un qui portait son nom. Il s'agissait d'un restaurant. J'imaginais bien que ce n'était pas lui qui en était propriétaire, mais je pensais que ce devait être quelqu'un de sa famille. Il avait choisi de s'installer pour sa retraite dans le lieu de ses origines. Néanmoins ce nom de famille était très courant et je ne pouvais être sûr de rien, mais il fallait que je tente ma chance.

Je faisais tourner beaucoup de pensées dans ma tête et je me dis que tout cela était quelque part insensé. Peut-être faudrait-il que je me calme et que j'en reste là. La vie de mon père lui appartenait. Il avait bien le droit d'avoir eu une petite amie lorsqu'il était en mission dans les années 70. Qu'allais-je encore chercher ? Mais l'image de la montre revint à mon esprit. Pourquoi ma mère m'avait-elle dit que ce bijou avait été vendu alors qu'il avait été caché ? Le savait-elle ? M'avait-elle menti volontairement ? Je me souvenais de son visage contrarié et de son air autoritaire lorsqu'elle avait voulu clore la conversation. Ma mère me cachait de toutes façons quelque chose et si je voulais récupérer cette montre un jour, de façon véritablement officielle, il fallait que je dénoue cet imbroglio. Je n'avais pas d'autre choix. Je ressentais qu'il se passait au sein de ma propre famille, quelque chose de suffisamment grave pour que ma mère m'ait menti. En prime, je me disais qu'après avoir souffert d'un tel manque de manifestations affectives de la part de mon père, j'avais eu le déclic lors de la méditation que j'avais faite à Bali, et j'avais enfin compris que cet objet en était la compensation. Il était donc doublement précieux pour moi. Il représentait trop pour l'enfant, l'adolescent et l'homme que j'étais devenu. Je ne pouvais pas laisser tomber, surtout maintenant car je sentais que j'avais bien avancé dans ma quête de la vérité. Je devais donc continuer à jouer à Sherlock Holmes.

Un mois passa. J'avais vainement cherché sur internet une opportunité professionnelle pour justifier mon déplacement en Irlande. Il faudrait donc que j'invente quelque chose, me dis-je. Cela me contrariait beaucoup car je n'aimais pas mentir, par nature d'abord, et encore moins à Claire. Le mensonge était dans mon esprit la preuve d'un manque de courage. Il représentait l'échappatoire facile et vil de la personne qui n'assume ni ses choix ni ce qu'elle est. N'empêche que dans mon cas, je n'avais pas le choix. Je savais que Claire ne fouillait jamais dans mes affaires ni n'enquêtait sur mes activités et déplacements, du moins, elle ne l'avait jamais fait. Honteux mais courageux, je me décidais à lui annoncer que la semaine d'après, j'allais devoir m'envoler pour Dublin. On était au mois de mars, le temps allait être un peu plus clément dans ce coin de l'Europe, du moins je l'espérais. Je le justifiais sans entrer dans le détail, en lui annonçant juste un séminaire important pour mon organisme de recherche, qui comptait vraiment sur moi pour y participer. Je lui citais juste le nom d'un de mes responsables, Éric Doutant, qui m'y avait inscrit.

Voilà, c'était fait. J'avais prévenu Claire de ma prochaine mission. Elle avait juste levé un sourcil, un peu contrariée quand même de se retrouver seule à nouveau, mais après lui avoir confirmé que je ne m'absentais que 3 jours, elle retrouva le sourire. Je profitais de soirées, enfermé dans mon bureau pour peaufiner les préparatifs de ce voyage. Il fallait que j'achète mon billet d'avion, que je cherche une chambre d'hôtel et que je loue une voiture. Après quelques jours, tout était prêt.

CHAPITRE 8

Mon vol ne durait que deux heures et quelques minutes. J'avais pris un billet avec Ryanair au départ de Bordeaux Mérignac, en vol direct. Je n'étais jamais allé en Irlande auparavant et finalement, j'étais plutôt content de faire cette escapade. Elle présentait plusieurs intérêts. Mon dessein était bien sûr de recueillir si possible des informations me permettant de clarifier l'histoire de la montre cachée et du petit foulard, mais j'allais aussi sur les traces du passé professionnel de mon père, en espérant rencontrer l'homme qu'il avait fréquenté pendant ses missions au Vietnam. Je l'imaginais assez âgé puisque d'après la photo que j'avais trouvée il était plus vieux que lui. Je l'espérais disponible et surtout assez loquace, suffisamment pour accepter de répondre à mes questions un peu personnelles et indiscrètes. Il faudrait que j'aborde le sujet des relations amoureuses de mon père lorsqu'il était jeune. Il devait s'agir d'une amourette ou carrément d'une véritable histoire de cœur, me disais-je, car la jeune fille en question devait être suffisamment importante à ses yeux pour qu'il garde ces objets souvenirs dans un tiroir secret.

Finalement, j'appréciais de me retrouver dans un pays où je n'étais jamais allé. J'avais tout à découvrir. L'histoire de l'Irlande et de sa lutte pour l'indépendance m'avait toujours intéressé. Elle avait été longue et douloureuse, comme toute guerre civile, avec des dimanches sanglants tristement célèbres. J'avais entendu parler de celui de 1972 où l'armée britannique avait tiré sans sommation sur un défilé pacifiste, mais je me souvenais aussi qu'il y en avait eu un plus ancien dans les années 20.

J'étais amateur de musique rock et admiratif de certains groupes dont le célèbre U2. J'avais toujours entendu dire que ce pays regorgeait de musiciens et qu'on en trouvait facilement dans les pubs certains soirs. Quelques acteurs devenus célèbres faisaient également honneur à cette île, je repensais à Colin Farell, Pierce Brosnan, Cillian Murphy que j'avais bien aimé dans la série Peaky Blinders ainsi qu'à Aidan Turner qui incarnait si bien le personnage de Ross Poldark. Je regardais rarement la télévision mais Claire s'était mise, dernièrement à suivre des séries sur Netflix et il m'arrivait de me laisser entraîner avec elle dans certaines de ces histoires, il faut bien le reconnaître, assez intéressantes et addictives.

J'arrivais vers midi au pays du trèfle vert, aéroport international de Dublin. Le temps de prendre un sandwich, un genre de Bagel au saumon irlandais accompagné d'une bière et je me retrouvais au bureau de location de voiture. J'étais à environ 140 km de Thomastown. D'après la carte, je devais suivre l'autoroute M7 puis M9 sur presque tout le trajet. Le loueur me prêta une petite Toyota Yaris avec boîte automatique. Conduire à gauche ne m'enchantait pas, mais passer les vitesses de la main gauche aurait rendu mon périple beaucoup plus pénible. J'étais au moins rassuré sur ce point et je me disais que l'enjeu allait être dorénavant d'habituer mon cerveau à l'inversion de sens de trajet.

Au volant de ma petite voiture, je contournais la ville de Dublin par la voie rapide et à la sortie de Clondalkin, je pris la direction de Limerik/Cork/Waterford. Je commençais à m'habituer à la conduite à gauche mais j'étais tout de même un peu hésitant. Je roulais tranquillement et en respectant la limitation de vitesse. Je n'avais aucune envie de me faire arrêter par la police. J'avais hâte de découvrir la campagne irlandaise mais il fallait que je dépasse toutes les cités dortoirs et faubourgs de la capitale pour pouvoir commencer à l'apercevoir. C'était un peu décevant car je ne voyais pour l'instant que des étendues plates et vertes avec des moutons broutant un peu partout. Après plus d'une heure de trajet, je quittais enfin l'autoroute en direction de Thomastown. Le paysage était devenu un peu plus vallonné et champêtre. Je suivais la R48 qui serpentait entre les champs. Elle était parfois un peu plus étroite et je devais rester concentré pour maintenir ma position sur la gauche. Je passais devant de nombreuses fermes, hangars et tracteurs. J'arrivais enfin à destination. Je devais rejoindre le Tower House B & B où j'avais réservé une chambre. J'avais envie de déposer mes affaires et de m'installer pour me reposer un peu. Je trouvais facilement l'établissement grâce au GPS de mon téléphone. Situé au centre-ville, c'était une maison/tour, un bâtiment ancien construit sur un site datant du 12ème siècle. Situé juste au bord de la rivière Nore, un très joli pont de pierre menait à l'entrée. Le Bed and Breakfast disposait d'un parking privé et j'étais ravi d'arrêter enfin le moteur de ma Yaris et de descendre me dégourdir les jambes. Je fus accueilli chaleureusement par une hôtesse qui me fit faire rapidement le tour des lieux en m'expliquant l'histoire de cette maison. J'appréciais la beauté de la bâtisse ancienne, bien qu'un peu austère mais je fus rassuré en visitant la partie hébergement plus récente et très confortable. Restauré avec goût, cet hôtel était vraiment charmant. Je fus séduit par l'atmosphère cosy qui se dégageait du salon de l'entrée avec ses murs en pierre claire, son sofa recouvert de coussins qui invitait au repos et le vieux piano, dans un coin, sur lequel on apercevait de nombreux cadres. Des plantes vertes venaient garnir l'espace. Ma chambre était tout aussi accueillante, très lumineuse, elle donnait sur un balcon.

Il était presque 17 heures et j'allais passer un coup de fil à Claire lorsque je réalisais qu'elle devait être à la sortie de l'école, en train de récupérer les filles. J'attendrais donc un moment avant de l'appeler. J'avais vraiment envie de partager avec elle mes impressions sur ce pays, mais je fus troublé lorsque je me rendis compte subitement et heureusement avant de la joindre, que j'étais censé rester à Dublin pour mes conférences. Je n'aimais vraiment pas le mensonge mais, je me donnais bonne conscience en me disant que je préférais la protéger de toutes mes tracasseries qui ne concernaient d'ailleurs que ma famille parentale.

Je m'installais un moment sur le lit et je pris machinalement le prospectus qui était près du téléphone sur la table de nuit :

« Le Tower House Bed & Breakfast est idéalement situé dans le centre de la ville médiévale de Thomastown, Kilkenny. Le célèbre domaine de Mount Juliet se trouve à la périphérie de la ville avec son restaurant étoilé Michelin et un parcours de golf de championnat Jack Nicklaus. Nous sommes à 16 km de la ville de Kilkenny…

Tout cela tombait très bien. J'allais partir à la recherche d'un homme qui était un golfeur accompli et j'imaginais que cet endroit devait être pour lui un genre de paradis. Je mis le papier dans ma veste et je partis à pied, à la découverte de la ville. Il faisait encore jour mais la nuit allait vite tomber. J'avais décidé d'aller faire un tour, à la rencontre des habitants et je pensais qu'il me serait plus facile d'entrer en contact avec eux en m'installant dans un pub. Ce genre d'établissement avait la réputation d'être convivial et j'espérais pouvoir discuter avec quelqu'un, en profiter pour me renseigner sur un certain Steve Barrow, golfeur et retraité, supposé vivre dans les environs.

Je n'eus pas loin à aller. A quelques mètres de mon B&B je trouvais, en remontant la rue, le O'Haras Bar. Rien que la devanture donnait envie d'y entrer. Typique et accueillante, la vitrine était encadrée de bois peint en vert et l'enseigne, au-dessus de la porte, de couleur rouge, affichait, en grandes lettres d'or, le nom du bar.

J'entrais sans me poser de questions, confiant. L'intérieur du pub était tout autant sympathique que l'extérieur. Le décor était chaleureux, avec les murs en pierre, le mobilier en bois et de nombreux tabourets qui trônaient de ci, de-là, en attente de clients. Il y faisait assez sombre mais je trouvais que justement un trop grand éclairage n'était pas de mise dans ce genre d'établissement. Je m'installais au bar et je commandais une « Guinness », la boisson presque nationale. Il n'y avait pas grand monde,

pas assez de monde à mon goût. Je pensais qu'il était encore trop tôt, les gens devaient être encore au travail. Après avoir questionné le barman, j'appris que le plus gros des clients arrivait assez tard, vers 10 heures du soir au moins. Il me raconta qu'une bande de jeunes vivait à Thomastown et que c'était pour la plupart des employés du Mount Juliet Estate, l'hôtel luxueux tout proche. Je me décidais à quitter les lieux, à passer ma soirée au calme dans mon hôtel en attendant de ressortir plus tard, à la rencontre de ces clients tardifs.
Je pris un repas léger dans mon B&B puisqu'ils proposaient une carte snack, avec salades, et omelettes. J'en faisais monter une dans ma chambre. J'appelais enfin Claire pour lui donner de mes nouvelles sans fournir de détails, à part des banalités concernant le vol et Dublin et je pris des nouvelles de mes jumelles adorées. Tout avait l'air de très bien se passer et j'étais confiant, prêt à assumer la suite de mon voyage, quel qu'en soit le résultat. Je partais un peu à l'aveuglette mais j'étais décidé à tout essayer pour éclaircir mon histoire.

A 22 heures je sortis et je me rendis au pub tout à côté. Lorsque je pénétrais, l'atmosphère était bien différente de celle de fin d'après-midi. Le pub était pratiquement plein, il y avait du bruit, beaucoup de bruit qui venait des conversations des clients et de la musique produite par le petit groupe qui s'était installé dans un coin de la salle. Trois musiciens et une chanteuse mettaient l'ambiance et la bière coulait à flot. Je commandais à mon tour une boisson et j'entendis alors quelques mots de français derrière moi. Je me retournais aussitôt et je vis deux jeunes hommes qui discutaient avec l'accent du sud-ouest de la France, chacun une chope à la main.

- Vous êtes français ? demandais-je surpris

- Oui, nous venons de Toulouse, répondit le plus grand. Nous sommes employés au Mount Juliet, et vous ?

- Moi aussi je suis français. Je ne suis que de passage. Je suis ravi de vous rencontrer en tout cas.

Je ne voulais pas aborder trop tôt le motif de ma visite. Je souhaitais essayer d'établir avec eux une relation de confiance et je les questionnais, en forçant ma voix dans ce brouhaha.

- Il y a longtemps que vous êtes là ? criais-je presque

- Trois mois qu'on bosse ici, me répondit le même garçon. C'est dur mais on se familiarise avec cette langue, du moins quand ils parlent anglais, dit-il en riant, parce que le gaélique, on n'y comprend rien !

Je riais avec eux un moment et je finis par leur expliquer que je cherchais un dénommé Steve

Barrow qui devait jouer régulièrement au golf au Mount Juliet. Je leur demandais s'ils le connaissaient. Ils me répondirent qu'ils voyaient beaucoup de monde passer et que le nom ne leur suffisait pas pour éventuellement reconnaître cet homme. Ils me promirent de se renseigner dès le lendemain matin et de me téléphoner ensuite. Ils avaient compris que c'était une urgence pour moi car je n'avais prévu de rester dans ce pays que trois jours. Après un moment passé avec eux je rentrais tranquillement me coucher, les yeux fatigués et les oreilles pleines de bruit et de musique.

Le lendemain matin, après un petit déjeuner copieux, œufs, bacon, boudin et pain complet, je décidais de partir me promener. Les deux jeunes hommes de la veille devaient dans tous les cas me tenir au courant de leurs recherches et m'appeler avant midi. Je décidais de prendre la voiture et d'aller découvrir les alentours en attendant d'avoir de leurs nouvelles. Je m'étais dit qu'au cas où ils n'arriveraient pas à avoir d'informations, j'irais tout simplement déjeuner à midi au Barrow's keep, un restaurant situé en centre-ville. Ce serait l'occasion pour moi de profiter de mon repas à leur table pour les interroger sur Steve Barrow. Ce serait peut-être un cousin, un oncle, qui sait ? J'avais une deuxième piste à explorer si la première ne suffisait pas.

Je repris ma petite Toyota et après quelques kilomètres dans la campagne, je tombais sur l'abbaye de Jerpoint. J'arrêtais ma voiture pour aller l'admirer de plus près. C'était un bâtiment magnifique, en ruine bien sûr mais les hauts murs de pierre recouverts par endroit de vigne vierge donnaient à l'édifice un charme incroyable. Avec sa tour carrée dominant des allées bordées de murs en arc voûtés cette abbaye cistercienne était impressionnante. Je m'avançais un peu à l'intérieur et je n'entendais que le bruit de mes pas sur les graviers. Quelques corbeaux juchés en haut des pierres me regardaient en croassant. L'endroit était à la fois magique et lugubre, en tout cas inoubliable.

Au moment où je remontais dans ma voiture, mon téléphone sonna. Je répondis immédiatement en m'installant sur le siège. C'était Julien, le français employé au Mount Juliet qui me rappelait. Il m'apprit qu'en effet, un dénommé « Steve Barrow » venait régulièrement jouer au golf et qu'il devait venir cet après-midi même. Je n'avais qu'à venir un peu avant 14h et je pourrais ainsi le voir. J'étais soulagé. Je ne voulais pas vraiment me l'avouer mais je trouvais parfois mon voyage et toutes ces recherches un peu exagérés par rapport à l'enjeu. Lorsque ces pensées me venaient, je m'efforçais de les chasser très vite pour me rassurer. En tout cas, l'idée d'enfin rencontrer cet homme qui avait bien connu mon père m'enchantait. J'espérais découvrir en plus, quelques anecdotes à propos de l'homme un peu mystérieux qu'il avait été pour moi.

Je le vis arriver, cet après-midi-là, dans sa belle Mercedes noire, et se garer à l'entrée du Golf. Il devait avoir cette voiture depuis longtemps car c'était un modèle ancien dont il avait dû prendre soin. Elle était encore en très bon état et rutilante, elle brillait au soleil. Je devinais qu'il s'agissait de la personne que je cherchais car les jeunes m'ayant prévenu de son heure d'arrivée, ils m'avaient aussi parlé de son véhicule. Je m'étais installé au bar du golf et à travers la vitre je le vis ouvrir sa portière et descendre. Il était grand, maigre, un peu vouté, les cheveux gris. Il devait avoir au moins 75 ans. Je me dépêchais de le rejoindre avant qu'il ne démarre son parcours. Lorsqu'il me vit approcher de lui, il leva la tête, interrogatif.

- Monsieur, vous désirez ?

- Je m'appelle Nicolas Clermont, je suis le fils de Philippe. Vous vous souvenez de lui j'imagine ?

- Heu... Attendez, je ne vois pas trop de qui vous voulez parler. Désolé

- Mon père était reporter pour le journal le Monde, en même temps que vous pour la BBC au Vietnam, cela ne vous dit rien ?

- Oh mais bien sûr, oui, maintenant que vous mentionnez le Vietnam, je me souviens. Mais il y a si longtemps… et qu'est-il devenu ?

- Il est malheureusement décédé il y a environ quatre mois. Vous ne l'avez pas su ?

- Oh, mon bon monsieur, depuis que j'ai pris ma retraite je ne m'informe plus, je joue au golf ! Je suis désolé de cette nouvelle, toutes mes condoléances. Mais c'est pour me parler de lui que vous êtes venu jusqu'ici ?

- Cela peut paraître déroutant, mais en effet, je suis venu vers vous pour vous poser quelques questions au sujet des missions que vous avez faites ensemble.

- Alors Monsieur, je vous demande juste une chose. Vous me laissez faire mon parcours de golf et on se voit après. J'en ai pour au moins trois heures. Vous logez à quel endroit ?

- Au Tower House B & B.

- Ah très bien ! Vous avez choisi un bel endroit. Écoutez, il est juste 14h, je passe vous prendre là-bas vers 17h et je vous invite à passer le reste de la soirée chez moi. Je vous ramènerai ensuite. Je serai heureux en effet de discuter avec vous de toutes ces années de travail si passionnant et de mon amitié avec votre père.

J'étais aux anges. J'avais enfin trouvé la personne que je cherchais et il avait apparemment envie de parler du bon vieux temps. C'était tout ce que je souhaitais. Bon, il faudrait sûrement que je sois patient et que je l'écoute me raconter des choses le concernant uniquement mais j'avais mon temps et je finirais par lui poser les questions qui m'importaient. Je rentrais tranquillement sur Thomastown et je me décidais à faire un tour jusqu'à Waterford. J'avais du temps devant moi avant le rendez-vous de Steve. Je ne pris pas énormément de plaisir à ma visite de cette ville pourtant intéressante. Je n'avais qu'une chose en tête, en savoir plus sur mon père. Je rentrais à mon B&B, en conduisant assez machinalement. J'étais trop dans mes pensées pour pouvoir vraiment regarder le paysage. Comme prévu Steve arriva au Tower House avec sa belle Mercedes. Il était presque 17h30 et je commençais à ne plus y croire. Il me retrouva dans le salon. Je m'étais installé sur le sofa et l'hôtesse m'avait apporté un thé. Je terminais de le boire lorsqu'il se présenta. Il avait tout de même une belle allure, malgré son âge. Je me disais que la pratique régulière du Golf devait l'avoir bien aidé à garder une bonne forme physique. Nous partîmes tous deux jusqu'à sa voiture et il conduisit jusqu'à son cottage. On ne parlait pas beaucoup dans la voiture. J'avais compris qu'il souhaitait rester concentré sur la conduite et je n'insistais pas d'autant que nous prîmes des routes puis des chemins assez étroits pour arriver jusqu'à chez lui. La nuit commençait à tomber, lorsque j'aperçus, au bout du chemin, une bâtisse en pierre avec des grandes fenêtres à encorbellement surmontées d'un petit toit en ardoise. Typiques du Royaume Uni, ces fenêtres à petits carreaux dépassaient de la vigne vierge qui recouvrait les murs. Cette demeure avait vraiment du style. Je ne savais pas du tout à quoi m'attendre en arrivant chez Steve car à aucun moment il n'avait parlé de sa vie privée et j'ignorais s'il vivait seul ou pas. En tout cas, j'étais ravi de passer cette soirée avec lui car au-delà de mon intérêt pour son histoire de journaliste, j'avais aussi l'impression de m'intégrer momentanément chez l'habitant.

Lorsque j'entrais, je me déchaussais aussitôt car l'intérieur était très soigné et très coquet. J'en déduisis aussitôt qu'il devait avoir une compagne. En fait, je m'aperçus que c'était lui qui était extrêmement maniaque. Il m'expliqua qu'il était veuf et qu'il avait tenu à laisser sa maison telle qu'elle était lorsque son épouse était encore de ce monde et qu'une femme de ménage en faisait l'entretien. Il lui avait passé un coup de fil dans l'après-midi pour qu'elle prépare un repas pour deux. Nous allions donc passer la soirée tranquille. Il m'invita à m'installer et alluma un feu dans la cheminée. Je comprenais très bien l'anglais mais je remarquais que Steve s'appliquait à parler de façon régulière et pas trop rapide pour que je le comprenne bien. Nous nous installâmes face à face, de part et d'autre de la table de sa salle à manger. Il avait mis des assiettes à réchauffer au micro-ondes et m'avait servi une bière. Finalement il m'avoua que pendant sa partie de Golf, il avait beaucoup pensé à Philippe mon père mais il se demandait ce qui pouvait m'avoir poussé jusqu'à le rencontrer, dans un endroit aussi éloigné de mon domicile. Je ne voulais pas, pour ma part, aborder immédiatement le sujet qui m'intéressait et sa question me mettait un peu dans l'embarras.

- Je vais y venir Steve, si vous me permettez de vous appeler par votre prénom. Mais auparavant, j'aurais vraiment plaisir à vous entendre me parler de ces années de mission au Vietnam ; j'aimerais savoir comment vous avez rencontré mon père.

- C'est très simple, la première fois, nous avons fait une mission en même temps, ce devait être lors du conflit du Vietnam avec le Cambodge, en 1978 à l'époque des Khmers rouges, je pense. Nous étions logés dans le même hôtel et nous étions tous deux correspondants sur place pour nos journaux respectifs. Puis, de mission en mission nous nous sommes retrouvés. Nous avions un peu le même caractère et ça a très vite « collé » entre nous. Nous nous passions même parfois des tuyaux, ce qui est en général très rare entre reporters concurrents.

- Mon père n'était pas marié à l'époque je crois...

- Je pense que non car il ne l'avait pas mentionné, mais je suis désolé je ne voudrais pas commettre d'impair...

- Non pas du tout n'ayez crainte. Je ne sais pas exactement à quelle date il s'est marié mais moi je ne suis né qu'en 1980 et je suis l'aîné. Justement, je vais vous expliquer maintenant ce qui m'a poussé à venir vous voir... Heu... cela va vous paraître peut-être bizarre mais si je vous parle d'un petit foulard indien vert et de dessins au crayon, est ce que cela vous dit quelque chose ?

Steve me regarda dans les yeux en levant la tête de son assiette. Il avait un petit sourire aux lèvres mais paraissait indécis quant à la suite à donner à sa conversation.

- C'est un peu délicat peut-être, me répondit-il mais si vous me dites être né en 1980, donc bien après cet épisode je peux me permettre de vous en parler sans trahir mon copain, finit-il par dire.

- Je vous en prie, s'il vous plait, j'aimerais savoir parce que j'ai retrouvé ce petit foulard et un dessin au crayon dans ses affaires après sa mort, et cela m'a intrigué. Voilà, c'est tout. Je sais très bien que ces deux objets n'appartiennent pas à ma mère, donc j'imagine bien qu'ils étaient à quelqu'un d'autre. D'ailleurs, avez-vous vu mon père à cette époque-là avec une montre Patek Philippe au poignet ?

- Écoutez Nicolas, pour le foulard et le dessin je peux vous répondre. J'ai même des photos de nous deux et de cette personne dans mon bureau mais au sujet d'une montre, là, j'avoue que je ne sais rien. Philippe ne se serait jamais promené dans des pays en guerre avec un tel bijou sur lui de toutes façons…

- Ah, alors vous savez quelle est cette jeune inconnue qui a fréquenté mon père dans ces années-là ?

- Oui bien sûr ! Alors, ne me demandez pas son nom de famille, mais je me souviens que votre père avait une assistante journaliste avec lui chaque fois qu'il venait. C'était une jeune fille charmante qui l'accompagnait. Je crois me souvenir qu'elle s'appelait Liliane mais Philippe, enfin, votre père, l'avait surnommée Lilas… Oui, c'était sa petite amie. Et elle faisait en effet beaucoup de dessins au crayon. Elle était très douée d'ailleurs.

Je restai bouche bée… Aucun mot ne pouvait sortir de ma gorge. J'étais sous le choc. Au bout de quelques secondes, je repris mes esprits. Je bus une gorgée de bière et je poursuivis

- Je voudrais bien voir les photos, puisque vous m'avez dit que vous en aviez gardées.

- J'ai l'impression que le nom de cette personne ne vous a pas laissé indifférent. J'espère que je n'ai pas commis de bévue en vous en parlant. Mais vous savez, il y a tant de temps, d'eau qui est passée sous les ponts ! Je suppose que votre père ne m'en voudra pas, s'il nous voit d'où il est.

- Bien sûr que non, m'empressais-je de rajouter car je ne voulais surtout pas que Steve ait des remords ou au moins des états d'âme. Il y a prescription maintenant. C'est juste qu'en voyant ces objets, j'ai eu envie d'aller à la découverte des quelques secrets de jeunesse de mon père. Quand on perd ses parents, il est normal d'avoir envie de faire un retour sur ce qu'ils ont été.

- Venez avec moi, dit Steve en se levant. Nous venions d'ailleurs de terminer notre assiette et je le suivis dans l'escalier étroit qui menait à l'étage. Je le vis ouvrir un tiroir, en retirer une clé et ouvrir ensuite une grande armoire. A l'intérieur, comme l'avait organisé mon père, on apercevait des dossiers suspendus et Steve les avait rangés lui aussi par années. Je le laissais chercher un petit moment puis soudain, alors que j'étais dans mes pensées, et que je revoyais justement le visage de Lilas dans mes souvenirs, il me tendit une photo. C'était une photo ancienne, noir et blanc un peu cornée. J'y reconnus immédiatement mon père qui devait avoir une trentaine d'années. Il avait passé son bras autour du cou d'une jeune fille qui avait l'air bien plus jeune. C'était bien Lilas. Ils souriaient tous les deux, ils avaient l'air tellement heureux. On voyait qu'il faisait chaud, ils étaient en habits d'été, manches retroussées pour Philippe et bras nus pour Lilas.

Steve me montra ensuite deux autres photos sur lesquelles ils apparaissaient tous les deux et je fus fixé. Il n'y avait rien à imaginer de plus, ils étaient ensemble, cela ne faisait aucun doute.

A l'intérieur de moi, j'étais quand même bouleversé. Je ne voulais rien laisser paraître, je prenais sur moi pour continuer à avoir l'air normal, mais j'en savais assez. Je remerciais Steve en lui demandant de refermer le dossier, j'avais vraiment besoin de boire un petit coup pour me remettre complètement de mes émotions.

- Vous la connaissez peut-être ? me demanda-t-il subitement

- Je l'ai rencontrée par hasard lui répondis-je, mais était-ce un hasard justement ? Je finis ma phrase en riant un peu. Je tenais à montrer à Steve que la situation n'était pas grave et je souhaitais donner un peu de légèreté à ce moment étrange que je vivais.

- Ben, je dois vous avouer que vous avez fait une drôle de tête lorsque je vous ai parlé d'elle et je me suis demandé si j'avais bien fait de vous confier cette histoire.

- Surtout ne vous inquiétez pas répondis-je tranquillement. Je savais reprendre mes esprits rapidement, cela faisait partie de mon caractère ainsi que de mon travail. J'avais retrouvé une apparence normale mais à l'intérieur de moi, voilà qu'affluaient mille questions. Cette Lilas s'était bien moquée de moi ? Elle n'était pas anodine dans l'histoire familiale et je la contacterais au plus vite.

Nous continuâmes la soirée en parlant d'autre chose mais j'avais du mal à écouter Steve me raconter sa hardiesse pour saisir des instants photographiques uniques ou pour faire des interviews. Je faisais effort pour suivre sa conversation pour être capable de lui répondre mais j'étais abasourdi. Il me tardait de rentrer à mon hôtel et au bout d'un moment je le fis savoir à mon hôte. Il me raccompagna et je le remerciais pour son hospitalité en lui recommandant de venir me voir en France s'il le souhaitait.

Voilà, j'avais découvert une partie du mystère. Je savais à qui appartenaient le foulard et le dessin que mon père avait cachés soigneusement du regard de ma mère. Mais il en avait le droit, tout cela ne s'était produit qu'avant ma naissance... Je me disais cela pour me rassurer car je sentais que si Philippe avait pris le soin de vraiment dissimuler ces objets c'était certainement parce que ma mère devait peut-être avoir connu, entendu parler ou rencontré Lilas. De retour dans ma chambre, il était plus de 21 h et je me décidais à appeler Claire. Je n'avais pas du tout l'intention de tout lui raconter mais il fallait que je prenne des nouvelles de ma petite famille. Lorsqu'elle me répondit, je lui trouvais un ton bizarre. Elle n'était pas comme d'habitude, moins chaleureuse, plus distante. Inquiet, je lui demandais si elle allait bien, si elle n'était pas malade ou si les jumelles ne lui avaient pas posé de problème. Elle me répondit, mais d'un ton sec que tout allait bien. Je n'en étais pas certain et je me sentis à nouveau coupable de lui faire des cachotteries. Je craignais qu'elle n'ait découvert mon mensonge.

CHAPITRE 9

Il faisait très beau ce matin-là et Claire avait décidé d'aller voir Gabrielle, sa belle-mère pour l'inciter à aller marcher un peu avec elle. Depuis la mort de Philippe, son mari, elle s'était un peu isolée, retranchée derrière son chagrin mais, les mois passant, elle ne faisait pas vraiment d'effort pour sortir de sa léthargie et Claire pensait que cela lui était vraiment néfaste. Gabrielle avait toujours été une belle-mère adorable. Il faut dire que Claire était une femme qui avait beaucoup de qualités et qu'il n'y avait jamais eu la moindre ombre entre les deux femmes. Claire aimait vraiment Nicolas, c'était une épouse aimante et une mère sérieuse, fiable pour ses deux filles. Sa belle-mère n'avait jamais trouvé la moindre raison d'être désagréable avec elle. En réalité, les deux femmes s'étaient même découvert quelques points communs et s'entendaient à merveille.

Après avoir déposé Estelle et Charlotte à l'école, Claire poursuivit son chemin, et parcourut les quelques 15 km qui la séparaient du « château ».

Le ciel était très bleu, il n'y avait pas le moindre nuage à l'horizon et ce beau temps était propice à une bonne marche à pied, revigorante, dans le parc tout proche de la maison familiale. Elle gara sa voiture dans la rue et sonna au portail. Contrairement à ce qu'il se passait d'habitude, Claire n'entendit pas le bruit de la sonnette. Après avoir patienté quelques minutes et avoir appuyé de nouveau sur le bouton du portail sans résultat, elle se décida à entrer. Elle monta les marches et une fois arrivée sur le perron, elle poussa la porte d'entrée qui était restée entrouverte. Elle se glissa dans le salon prête à annoncer son arrivée lorsqu'elle se rendit compte que Gabrielle était au téléphone, sûrement dans une des chambres au fond du couloir. Bon, se dit-elle, je vais attendre qu'elle ait terminé et je signalerai ma présence. Les portes devaient être ouvertes car Claire entendait la conversation :

- Oui... disait Gabrielle, je sais, ce n'est pas facile pour toi, mais mets toi à ma place aussi, tu crois vraiment que c'est nécessaire ? Tu as fait ton choix Liliane... et il y a longtemps. Maintenant c'est un peu tard non ?

Claire tendit l'oreille, elle était intriguée. Gabrielle ne plaisantait pas, le ton qu'elle employait était ferme et elle semblait un peu en colère. De plus, Claire s'interrogeait : quelques jours plus tôt, alors qu'elle faisait du rangement, elle était tombée par hasard sur une carte de visite qui était restée dans la valise que Nicolas avait utilisée pour aller à Singapour. Elle avait lu le nom et l'adresse d'une dénommée Liliane, qui vivait à Paris. Il n'avait jamais mentionné ce nom, il n'avait parlé de rien. Cette femme n'était pas médecin, ce n'était pas indiqué sur sa carte de visite, elle n'avait donc rien à voir avec le métier de son mari. Le prénom Liliane n'était pas un prénom récent et Claire supposait que la personne en question n'était pas de leur âge. Comme elle n'était pas non plus de nature jalouse, elle avait remis cette carte de visite dans la valise en question, sans s'inquiéter. En revanche, entendre sa belle-mère parler à une Liliane surprit beaucoup Claire. Elle supposa qu'il ne pouvait s'agir que de la même personne. Elle écouta à nouveau, sans bouger, figée dans le hall d'entrée dans lequel elle s'était retirée.

- Oui mais tu comprends, je t'ai aidée, je t'ai renseignée, mais maintenant, je suis désolée, tu disparais de la vie de Nicolas. C'est comme ça, et la montre, de toutes façons, Philippe l'a revendue. Je ne veux plus entendre parler de tout cela, que ce soit clair !

Le silence se fit soudain car Gabrielle ne parlait plus, elle écoutait. La personne au téléphone devait argumenter et justifier de quelque chose que Claire ne pouvait pas comprendre et qui la dépassait. Elle jugea bon de se retirer du salon en catimini et même de la maison, le plus discrètement possible. Elle revint jusqu'à sa voiture après avoir doucement refermé le portail et démarra rapidement pour disparaître au bout de la rue. Gabrielle ne saurait jamais ce que Claire avait entendu. En revanche, l'épouse de Nicolas se posait des questions. Qui était cette Liliane, qu'apparemment son mari venait de rencontrer puisqu'elle lui avait laissé sa carte de visite et qui parlait au téléphone avec sa belle-mère ? Même si elle n'était pas de nature jalouse, elle n'appréciait pas du tout qu'on lui cache quelque chose. Qu'avait voulu dire Gabrielle lorsqu'elle avait répondu à Liliane « je t'ai aidée » puis « tu disparais de sa vie ». De qui se moque-t-on ? se dit-elle ? Elle était très en colère. Elle détestait les hypocrites et les menteurs par-dessus tout et elle découvrait par hasard que les gens qu'elle aimait le plus lui cachaient des choses apparemment importantes et la trahissaient ? Remplie de ressentiment, elle se dit qu'il était dangereux pour elle de conduire. Elle se rendit au parc et se mit à marcher rapidement en suivant le sentier qui en faisait le tour. Elle avait besoin de se dépenser pour se calmer, et tout en marchant, elle bredouillait leurs noms...Liliane, Nicolas... Gabrielle. Elle ne se rendait pas compte que des larmes coulaient le long de ses joues. Claire était vraiment blessée, choquée même. Sa propre belle-mère avait évoqué au téléphone avec une inconnue la vente de la montre, si chère au cœur de Nicolas. Mais, se disait-elle, cette femme est un monstre, comment peut-elle faire des cachotteries à son fils, le faire souffrir… Claire finit par s'apaiser un peu grâce à l'effort physique qu'elle venait d'accomplir en faisant trois fois le tour du parc au pas de course. Elle revint devant sa voiture, toute essoufflée. Bon, se dit-elle, je reprends mes esprits et je vais réfléchir à la suite que je vais donner à cet épisode.

Elle passa la journée, l'esprit encore tourmenté, ne sachant que faire pour essayer de découvrir une vérité qu'on voulait lui cacher. N'ayant pas du tout envie d'affronter sa belle-mère, qui de toutes façons était une menteuse, elle se dit qu'elle allait revenir chercher la carte de visite qu'elle avait trouvée dans la valise de Nicolas. En arrivant dans le dressing adossé à leur chambre, Claire aperçut, en haut de l'étagère, la « Delsay » en question. Par chance, Nicolas avait emprunté, pour sa mission en Irlande, un sac cabine. Il avait justifié son choix en disant que ce voyage était beaucoup plus court et qu'il n'avait pas besoin de se charger davantage. Elle attrapa la valise et la posa sur le lit. En l'ouvrant, elle la trouva complètement vide. Déçue et en colère, elle se mit à la fouiller dans tous les recoins. Ouf, se dit-elle lorsqu'elle dégagea enfin la carte d'une petite pochette intérieure dans laquelle elle s'était glissée. Claire n'avait pas encore décidé de ce qu'elle allait en faire, mais au moins, elle avait entre les mains les coordonnées de quelqu'un qui savait et qui pourrait lui donner quelques explications. Évidemment, le fait que Liliane soit parisienne ne facilitait pas la vie de Claire car elle n'imaginait pas pouvoir faire le déplacement juste pour la rencontrer et la questionner. Par téléphone, l'affaire pouvait complètement capoter... Il suffisait que cette Liliane raccroche et mette son numéro dans la liste des indésirables, et Claire aurait le bec définitivement cloué. Il fallait qu'elle réfléchisse et qu'elle attende peut-être une occasion plus propice. Elle glissa la carte de visite dans son portefeuille, avec quelques autres cartes qu'elle avait conservées, et décida de la mettre en-dessous.

Charlotte et Estelle venaient de terminer leur repas du soir, se préparaient à partir au bain, lorsque Nicolas, encore en Irlande, appela. Claire laissa sonner un peu le téléphone avant de répondre. Elle ne savait rien de tout ce qu'on lui cachait mais elle se disait que son mari était tout de même impliqué. Elle ne le savait ni innocent ni coupable, mais il n'avait jamais mentionné, peut-être intentionnellement, le nom de cette personne qui lui avait donné sa carte de visite. Elle finit par accepter de lui parler et appuya sur l'icone vert de son portable. Elle était heureuse de l'entendre, mais une froideur intérieure qu'elle n'arrivait pas à maîtriser rendait sa voix différente, distante. Elle s'en rendait compte mais ne pouvait pas faire autrement. Fort heureusement Nicolas ne sembla pas relever cette différence, il ne la questionna pas non plus. Elle fut soulagée lorsqu'il raccrocha.

Sur la route qui me ramenait de l'aéroport à mon domicile j'étais perturbé. Bien sûr j'avais réussi à obtenir des informations sur le sujet qui me tracassait. Je savais enfin à qui avaient appartenu le petit foulard et le dessin. Mon père devait tout de même être suffisamment amoureux de cette Lilas pour conserver ces objets si anciens dans un tiroir secret, à l'abri du regard de ma mère. La coïncidence de ma rencontre avec cette femme dans l'avion qui m'emmenait vers Singapour, de même que la révélation qu'elle m'avait faite dans son sommeil, tout cela était vraiment incongru. Trop curieux pour être juste un concours de circonstances, un hasard. Je me disais que pour quelqu'un de particulièrement naïf, la synchronicité de ces événements était déjà un peu extraordinaire, mais que pour moi, un homme instruit, un scientifique, c'était encore pire, tout simplement inacceptable. Cette Lilas m'avait prise pour un imbécile, pour ne pas dire un con. Elle avait parfaitement connu mon père, l'avait sûrement fréquenté pendant plusieurs années. Ils avaient dû être amoureux, du moins mon père avait dû être attaché à elle pour vouloir garder des souvenirs et là, comme par enchantement, elle s'assied dans un avion, sur le siège juste à côté de celui du fils de l'homme qu'elle a aimé et elle lui fait des révélations qui s'avèrent être exactes. J'étais en train d'analyser dans ma tête tous ces faits, les uns après les autres. Je repassais dans mon esprit les différents moments de mon voyage à Bali, puis ceux de Thomastown où j'avais découvert le pot aux roses. Je n'y comprenais rien mais j'étais de toutes façons en colère de m'être fait berner. J'étais content de rentrer chez moi. J'allais enfin retrouver mon épouse et mes deux fillettes adorables. Tout cela allait m'apaiser et je devrais me remettre au travail immédiatement, ce qui serait très efficace pour me remettre les idées en place. Dans mon métier, il n'y avait pas de place pour la distraction et la rêverie. Je devais rester concentré. Cela pouvait être vu comme une contrainte par certains, mais pour moi, c'était salvateur. Je n'aimais pas vivre des états d'âme sans pouvoir les contrôler, voire les faire disparaître. J'avais été éduqué de cette façon et je jugeais même de faibles les personnes qui se complaisaient dans leurs ennuis et les ressassaient.

J'approchais de ma maison et je me souvins de la carte de visite que m'avait laissée Lilas. Je me dis que j'en aurais besoin puisqu'ayant ses coordonnées, je pourrais me permettre de lui téléphoner pour lui demander des explications. Elle n'avait pas à justifier ses histoires d'amour passées, mais j'avais au moins maintenant un bon motif pour lui demander pourquoi elle s'était installée sur le siège à côté de moi et pourquoi elle m'avait parlé de la fameuse montre. J'avais cru dans l'instant que Lilas s'était exprimée en dormant, mais je commençais à sérieusement en douter maintenant que je connaissais le lien qui l'avait unie à mon père. Pourtant, je me demandais ce que j'avais fait de cette carte de visite ? Je ne me souvenais pas l'avoir sortie de ma valise ni de l'une de mes poches. Je pensais l'avoir laissée au fond de la Delsey. Je me dis que j'irais jeter un œil à la valise et l'affaire serait vite réglée après un appel téléphonique à la belle Liliane, puisqu'elle s'appelait ainsi en réalité. D'après mes souvenirs récents, Steve avait mentionné que seul mon père l'appelait Lilas. Quel besoin de s'être présentée à moi sous ce pseudonyme ? Je revins au calme et je repris mes esprits en apercevant la maison. J'allais vite revenir à une vie tranquille et normale, j'allais pouvoir rapidement chasser mes démons… mais restait le mystère de la montre. Je ne pouvais pas la récupérer puisque ma mère m'avait dit, était-ce un mensonge, qu'elle ne l'avait plus.

En entrant chez moi, je me sentis un peu apaisé, heureux d'embrasser ma femme et de rire un peu avec mes jumelles à qui j'avais ramené des petits jouets achetés à l'aéroport de Dublin, juste avant mon vol.

Les jours passaient, j'avais réintégré l'hôpital où je passais le plus clair de mon temps. J'avais pris du retard dans mes rendez-vous et je devais faire mon possible pour retrouver un planning plus acceptable, donc plus régulier. J'avais prévenu le centre de recherches que, pendant quelque temps, je serais indisponible pour de nouvelles études, séminaires et déplacements. Tous les soirs je rentrais chez moi, heureux mais fatigué.

J'étais las et un peu dépassé, épuisé par mon propre esprit qui me harcelait. En effet, j'avais eu beau retourner la Delsey dans tous les sens, fouiller toutes les petites poches, je n'avais pas retrouvé la carte de visite de Liliane. Mon enquête avait donc dû s'interrompre par la force des choses. J'étais bloqué alors que je pensais être si près du but. J'avais l'impression de m'être démené comme un diable pour dénouer toute cette histoire pour finir par échouer alors que je n'étais pas du genre à m'avouer facilement vaincu. Je n'aimais pas perdre d'autant que mon amour-propre me poussait parfois à mal interpréter ce qui n'était qu'anodin, et à me vexer. J'étais susceptible et je m'étais donné énormément de mal pour arriver à être quelqu'un dans la vie. Mon manque d'estime pour moi-même refaisait surface à l'occasion. Je voulais toujours me surpasser. C'est cela qui m'avait sûrement poussé à toujours vouloir aller plus loin dans mes études et ma carrière, dans ma vie. Aussi, j'étais légèrement maussade. Je ne voulais rien laisser paraître mais Claire l'avait ressenti immédiatement, dès mon retour d'Irlande. Elle ne disait rien mais s'inquiétait un peu pour moi, je le sentais bien. Le dimanche, lorsqu'on allait rendre visite à ma mère, j'étais parfois un peu absent, à l'écart dans mes pensées. Ma famille devait s'en rendre compte puisque ma femme ou ma mère m'interpellaient pour me demander ce qui n'allait pas… Bien sûr j'avais un vague souvenir de la carte de visite mais j'avais beau avoir fouillé dans mes affaires, mes tiroirs, les poches de mes vêtements je ne l'avais pas retrouvée. Je pensais qu'elle avait dû tomber. Je me rappelais du nom « Liliane Paul » et de la ville Paris. Elle habitait en centre-ville et pas en banlieue... Je me dis avec regret, qu'autrefois, sur les pages blanches de l'annuaire web on pouvait trouver un numéro de fixe et même une adresse, et que cela était devenu difficile de nos jours puisque les gens n'utilisaient plus que des téléphones portables ; je me souvenais avoir vu sur la carte un numéro commençant par 06. La carte de visite autant que Liliane étaient devenues introuvables et je devais laisser tomber l'affaire.

Un soir, je rentrai très tard chez moi, plus tard que d'habitude. J'avais dû m'atteler à une intervention particulièrement délicate et longue et j'étais très fatigué. Lorsque j'arrivai à mon domicile, je trouvais mon épouse déjà couchée et la maison silencieuse dans l'obscurité. Seule la lampe halogène du salon était resté allumée. Je me posais un moment sur le canapé et je fermais les yeux. J'étais non seulement épuisé mais un peu désespéré. En réalité cette histoire de montre m'avait réellement perturbé. Lors de la méditation que j'avais faite à Bali j'avais réalisé à quel point j'avais ressenti, l'enfant que j'avais été avait ressenti, un manque d'affection et de reconnaissance de la part de mon père ; grâce au message de Lilas j'avais pu retrouver la montre et j'avais été comblé, soulagé que celle-ci n'ait pas été vendue, comme l'avait annoncé ma mère. Elle était le signe que malgré toutes les apparences, Philippe, mon père, m'avait vraiment aimé et estimé, mais je restais frustré, je ne pouvais même pas la prendre et la porter à mon poignet. Il ne m'arrivait que très rarement de pleurer mais la fatigue intense des derniers jours rajoutée à ce moment d'émotion me firent monter les larmes aux yeux. Il fallait que je lâche un peu de lest. Je n'en pouvais plus et j'avais besoin d'un peu de repos en famille. Soudain, je me souvins que les vacances scolaires de printemps approchaient à grands pas. Cette pensée me redonna du baume au cœur et je m'essuyai les yeux, un peu revigoré. Je me dis que je pourrais demander quelques jours de congés malgré tout et j'insisterais pour en bénéficier malgré les impératifs de l'hôpital. Mais cette fois, il faudrait qu'on parte tous les quatre, qu'on change d'air et qu'on se paye des vraies vacances ailleurs.

Dès le lendemain matin, qui était un samedi, j'en parlais à Claire au petit déjeuner.

- Dis-moi, je pensais hier soir en rentrant à une chose. Et si on partait tous les quatre pour les prochaines vacances scolaires ? Au moins une semaine. Je suis vraiment épuisé et j'aurais besoin de recharger les batteries.

- Très bonne idée, répondit Claire. Moi aussi j'en aurais bien besoin. On t'a à peine vu ces derniers temps, entre tes missions à l'étranger et tes patients à l'hôpital. Les filles me demandent souvent pourquoi tu es souvent absent. Elles seront super contentes d'apprendre qu'on part tous les quatre.

- Bon très bien, mais as-tu une idée ? Où est-ce qu'on pourrait aller ?

- Et bien, figure-toi que je me disais qu'il y a longtemps qu'on n'est pas allés chez ton frère Antoine. Tu sais bien qu'ils ont un très grand appartement à Poissy, en région parisienne et qu'ils pourraient nous loger. D'ailleurs rappelle-toi, ils nous demandent de venir chaque fois qu'on les a au téléphone.

- C'est vrai. Je serais très content de revoir mon frère. On pourra aussi peut-être en profiter pour aller voir aussi Fred, même si on sait qu'il est toujours super booké à cause de son métier.

- Bien sûr, renchérit Claire. Et puis souviens-toi, Antoine nous avait dit qu'il pensait prendre quelques jours pour les vacances de printemps pour rester un peu en famille. Nos enfants et les leurs s'entendent très bien et nous, on pourrait faire pas mal de choses à Paris. Il y a tellement à voir et de motifs pour se distraire dans la capitale !

- Je ne pensais pas vraiment passer des vacances en ville mais maintenant que tu en parles, ce serait en effet l'occasion d'emmener les filles voir certains endroits de Paris. On peut aussi pousser jusqu'à Marne la Vallée si elles s'ennuient, aller chez Disney…

- Ah très bonne idée répondit Claire. Écoute, puisqu'on est d'accord, dès demain j'appelle Sarah pour savoir si vraiment ils seraient disposés à nous recevoir quelques jours pour les vacances. Elle a toujours été franche et elle me dira. De toutes façons, n'oublie pas Nicolas, on les a reçus plusieurs fois chez nous, alors qu'ils voulaient profiter du Bassin d'Arcachon. Je pense qu'ils ne vont pas dire non.

- Bon, c'est d'accord. Je suis enchanté du projet. Tu regarderas s'il te plait, quelles sont les sorties prévues à Paris la semaine où on y sera, histoire de nous concocter un bon programme ?

- Avec plaisir dit Claire. Sans problème. Je suis super contente. J'appelle Sarah demain sans faute car la semaine de vacances que l'on aura en commun, entre leur zone et la nôtre, tombe dans dix jours pile. Il n'y a pas de temps à perdre.

Elle finit sa phrase en riant. Elle était heureuse et je l'étais aussi.

Ce que Claire ne disait pas, c'était qu'elle avait l'intention ferme de profiter de son séjour en région parisienne pour aller voir Liliane et enfin découvrir qui était cette femme. Claire avait gardé la carte de visite dans son portefeuille et attendait qu'une occasion se présente pour aller rue du Gros Caillou dans le 7ème arrondissement. Elle était prête à inventer un rendez-vous avec une amie d'enfance imaginaire pour s'éclipser un après-midi.

CHAPITRE 10

Les vacances scolaires de printemps approchaient à grands pas. Les jumelles, Estelle et Charlotte ne tenaient plus en place et Claire avait bien du mal à canaliser leurs énergies. De mon côté j'étais vraiment beaucoup plus heureux que dernièrement, comme soulagé d'un poids. A l'évidence, je restais fatigué à cause du rythme soutenu de mon emploi du temps et de la concentration indispensable dont je devais faire preuve lors des interventions chirurgicales, mais j'étais enthousiaste à l'idée de partager avec ma famille les jours de repos qui étaient programmés. Claire me trouvait d'humeur moins grave, moins maussade, je le voyais bien et elle s'en réjouissait. En réalité, comme je savais très bien le faire, j'avais fini par décider d'occulter de mes pensées, du moins pour quelque temps, tout ce qui me dérangeait et l'histoire de la montre en faisait partie. J'étais heureux avec la femme que j'aimais, avec mes filles chéries et j'estimais qu'elles représentaient l'essentiel de ma vie. Que demander de plus, me disais-je pour renforcer ma détermination à me préserver.

Néanmoins, la proposition de Claire, de passer les prochaines vacances en région parisienne avait fait jaillir dans mon esprit, le projet apparemment irréalisable, de retrouver Lilas. Je savais que c'était un objectif utopique. Partir à la recherche d'une personne vivant à Paris, en n'ayant pour seul indice que son nom était un projet vain. J'avais bien essayé de la chercher sur internet mais je n'avais rien trouvé à son sujet. Je m'étais résolu à laisser passer du temps en espérant qu'un jour ou l'autre les choses se débloqueraient d'elles-mêmes. J'aurais pu, bien sûr indiquer à ma mère l'existence des tiroirs secrets du secrétaire, mais elle se serait demandé où je voulais en venir et de toute évidence, j'aurais ainsi fourni la preuve de mon intrusion au domicile familial et de ma fouille déloyale. En mettant au jour l'existence de la Patek Philippe dans sa maison, est-ce que ma mère me l'aurait donnée malgré tout ? Je n'en étais pas sûr, d'autant qu'elle avait mentionné un éventuel partage avec mes frères pour ce qui était des autres montres de Philippe. Je me sentais impuissant à faire évoluer ces événements et j'avais fini par renoncer momentanément.

Les valises étaient prêtes. Tout le monde était sur les « starting blocks » et je chargeai le SUV. Pour arriver jusqu'à Poissy, on avait près de 600 kilomètres à faire. On s'était levés tôt pour faire une escale à midi sur une aire d'autoroute et arriver en fin d'après-midi chez Antoine et Sarah. L'atmosphère était joyeuse dans la voiture. Les filles jouaient à des devinettes et Claire leur en posait des plus difficiles. Pour ma part, j'étais concentré sur la conduite mais cela ne m'empêchait pas de penser. Je revoyais mon voyage en Irlande et ma rencontre avec Steve Barrow. J'avais été surpris de découvrir que Philippe, mon père avait eu une amourette ou qui sait une véritable histoire d'amour dans ses années de jeune journaliste. Après tout, me disais-je, c'est bien normal. Nos parents ont eu une vie avant nous dont nous ne savons absolument rien. Et ma mère, finalement, elle a peut-être connu quelqu'un avant mon père ? Je souriais à cette pensée que je trouvais logique mais incongrue. J'avais du mal à imaginer ma mère dans les bras de quelqu'un d'autre. Elle avait l'air si droite, si soumise, si fidèle, si… Je souris à nouveau. Non, je ne savais rien du passé de ma mère et je n'avais pas envie d'imaginer quoi que ce soit. Les choses sont ce qu'elles sont et c'est tout.

- On s'arrête là ? l'interrompit Claire

- Oui, pourquoi pas, m'entendis-je répondre. C'est l'heure du repas et en plus j'ai besoin de me dégourdir les jambes.

On était arrivés à mi-parcours et l'annonce d'une aire de stationnement et de restauration tombait à pic. Tout le monde commençait à avoir faim dans la voiture. Je trouvais une place pour me garer assez facilement et on entra dans le restaurant. De la table qu'on avait choisie, on pouvait apercevoir notre voiture. Claire passa commande, puis sans attendre elle commença à parler du programme qu'elle avait concocté pour les vacances. On organiserait nos activités selon la météo, en nous réservant la visite des parcs d'attractions pour les jours de soleil et la découverte de quelques musées le reste du temps. Il y aurait au choix, le Musée du Chocolat, la Galerie des Enfants au Museum d'Histoires Naturelles, le Musée Grévin et bien sûr pourquoi pas une ou deux séances au cinéma. En plus, bien évidemment Claire avait prévu une journée à Disneyland pour toute la famille. Elle ajouta que des jeux de société pourraient bien nous occuper certains après-midis, sous ma surveillance parce qu'elle allait devoir rendre visite à une de ses anciennes amies de fac qu'elle n'avait pas revue depuis longtemps. Le repas se déroula dans la bonne humeur pour toute la famille qui avait maintenant à l'esprit l'ensemble de ces beaux projets divertissants.

Le jour « J » arriva enfin. Claire y pensait depuis le début de son voyage à Poissy. Elle avait tout planifié. Elle réussirait à s'échapper pour aller seule rencontrer cette fameuse Liliane, qui comme par hasard connaissait sa belle-mère. Elle lui poserait les questions essentielles : pourquoi Nicolas avait-il dans ses affaires sa carte de visite et de quoi parlait-elle avec Gabrielle au téléphone.

Claire se souvenait parfaitement de ce qu'elle avait entendu : « tu as fait ton choix il y a longtemps Liliane, maintenant c'est un peu tard », puis « je t'ai aidée, renseignée mais tu dois disparaître de sa vie. La montre Philippe l'a revendue ». Tout ceci était bien la preuve que cette femme qui n'existait pas dans leur vie connaissait apparemment des secrets de famille, ou même pire, en faisait partie.

Le ciel était couvert cet après-midi-là et Claire quitta l'appartement de Poissy juste après le déjeuner. Elle avait laissé les enfants avec Nicolas et Sarah, sa belle-sœur. Elle n'avait menti qu'à moitié en disant qu'elle allait voir une amie, parce que, en effet elle avait bien une amie qui vivait à Paris. Le mensonge était qu'elle avait prévu de faire une visite à quelqu'un d'autre. Elle avait tout planifié et savait qu'elle devait descendre à la station de métro « École Militaire », puis qu'il ne lui resterait que quelques centaines de mètres pour arriver. Elle marchait d'un pas vif sur le trottoir du boulevard la menant au domicile de Liliane. Elle n'était plus très loin maintenant. Elle tourna à droite rue de Grenelle et juste deux rues un peu plus loin à gauche, elle déboucha sur la rue du Gros Caillou. Elle se dit que cette fameuse Liliane devait avoir de bons moyens pour pouvoir vivre dans ce quartier très agréable et assez prisé de la capitale, tout près de la Tour Eiffel. La rue était très étroite et en sens unique. Elle arriva enfin devant le numéro 14. Elle chercha le nom de Liliane sur les sonnettes, le trouva et appuya sur le bouton. Quelques minutes après, une voix de femme répondit

- Oui, qui est là ?

- Claire Clermont, l'épouse de Nicolas.

Un silence lourd et inquiétant se fit entendre. Il sembla à Claire qu'il dura une éternité. Elle craignait par-dessus tout que Liliane refuse de la voir. D'un autre côté elle n'avait pas du tout envie de ruser, de mentir. Quel prétexte pouvait-elle imaginer pour arriver à la rencontrer ?

Visiblement, la personne à l'étage hésitait et réfléchissait car elle tardait à répondre. Claire sonna à nouveau.

- Oui, Madame Clermont, je vous ouvre, finit par répondre la voix.

Claire entendit le clic de la porte d'entrée et la poussa aussitôt pour l'ouvrir. Elle n'avait pas peur, mais elle ne savait vraiment pas à quoi s'attendre. Tout ce qu'elle avait entrepris de faire était dans le but d'aider Nicolas. Elle n'était pas directement concernée par cette famille et les secrets de Gabrielle ne l'intéressaient pas. En revanche, il avait bien été question de son mari lorsque Gabrielle avait mentionné « maintenant tu disparais de sa vie » et cette dernière avait également parlé de la fameuse montre. Elle ne s'attendait pas à voir une rivale non plus car dès le début le prénom « Liliane » un peu passé de mode indiquait une femme d'un certain âge et il ne pouvait être question que Nicolas ait une maîtresse de l'âge de sa mère.

Claire avança dans le couloir et se retrouva au bas des escaliers qui menaient aux étages. Elle vit à ce moment-là descendre vers elle, une femme d'une soixantaine d'années, avec une coupe au carré, cheveux blonds, bien habillée, assez classe. Cette dernière lui tendit la main

- Liliane Paul, enchantée

- Bonjour, répondit Claire froidement en lui serrant la main

Les deux femmes remontèrent l'escalier étroit, l'une derrière l'autre. Claire était soulagée et en même temps surprise que Liliane lui ait ouvert sa porte. Elle ne savait qu'en penser. De son côté Liliane tout en se sentant anxieuse, avait envie de croire à la fin de ses tracas. Elle savait que le moment qu'elle allait vivre maintenant mettrait sûrement un terme à sa souffrance. Elles arrivèrent au palier du second étage et Liliane entra la première dans son appartement, tête basse, comme résignée, laissant pénétrer son invitée dans son salon.

- Entrez, je vous en prie dit-elle, et installez-vous.

Claire choisit de s'asseoir sur un coin du canapé blanc, elle ne sentait pas invitée, et n'avait pas envie de prendre ses aises auprès d'une personne qu'elle imaginait hostile. Liliane s'installa dans le fauteuil qui lui faisait face mais se tourna de trois-quarts pour ne pas affronter son regard directement.

- Bon, dit Liliane, que désirez-vous savoir et comment m'avez-vous trouvée ?

- C'est très simple, j'ai trouvé votre carte de visite dans la valise de mon mari.

- Et du coup, vous avez décidé de venir me voir à Paris ? Vous rendez visite à toutes les personnes dont vous trouvez la carte ?

- Ne faites pas l'innocente, s'énerva Claire, il y a bien plus que cela. Je ne suis pas idiote et certainement pas jalouse. Je n'avais fait que très peu de cas de votre carte, lorsque je l'ai découverte. Nicolas voit beaucoup de monde, fait de nombreux déplacements mais le plus souvent les cartes qu'il conserve sont des cartes professionnelles. J'avoue que j'ai été juste un peu intriguée au moment où je l'ai aperçue, mais sans plus.

- Alors ? que s'est-il passé ? répondit Liliane d'un air un peu supérieur

- Je sais que vous connaissez Gabrielle, la mère de Nicolas. Voilà ce qui m'amène !
- Oui, je suis une vieille amie et après ?

- Pour tout vous dire, j'ai surpris une conversation téléphonique. Ma belle-mère était en train de vous parler lorsque je suis entrée dans sa maison. Je l'ai entendue prononcer votre prénom mais ce n'est pas tout. Le reste était un peu bizarre et concernait apparemment Nicolas. Elle vous demandait clairement de rester en dehors de sa vie. Il a aussi été question de la fameuse montre que mon beau-père devait lui donner.

Liliane pâlit et prit malgré elle une grande inspiration. Elle avait l'air un peu secouée. Visiblement la question de Claire la gênait au plus haut point. Cette dernière continua :

- Qu'avez-vous à répondre à cela ? Dites-moi !

- Il s'agit d'une question de famille qui ne vous concerne pas, finit par répondre Liliane un peu sèchement.

- Tout ce qui touche mon mari me concerne, je suis désolée. D'ailleurs, je pense que depuis sa rencontre avec vous il n'est plus tout-à-fait dans son assiette. Il a des grands moments de tristesse, puis il se reprend et cherche à ne plus rien montrer, jusqu'à ce qu'il redevienne à nouveau un peu mélancolique et mystérieux. Parfois, il a des accès de nervosité. Dernièrement, il a fait un voyage professionnel en Irlande et lorsqu'il est rentré, il était vraiment agité. Je ne sais pas s'il existe un lien, mais tout cela me semble anormal. Je connais très bien mon mari et j'ai beaucoup d'intuition vous savez…

Liliane était restée muette. Elle avait l'air consternée. Elle semblait ne plus vouloir rien dire.

- Je suis désolée, vraiment désolée Madame Clermont mais je ne peux rien vous dire. Ce n'est pas par mauvaise volonté je vous l'assure.

- Ah mais vous n'allez pas en rester là ! Je ne suis pas venue jusqu'à chez vous pour une telle réponse. Il se passe quelque chose que je dois savoir c'est tout, martela Claire, très remontée.

- Vous n'avez pas l'air de comprendre Madame. Si je vous dis que je ne peux pas parler c'est que vraiment je ne le peux pas. Je ne suis pas seule concernée dans cette affaire, voilà ! Votre belle-mère Gabrielle l'est aussi. Vous n'avez qu'à vous adresser à elle ! Liliane avait haussé le ton.

- Vous non plus, vous n'avez pas l'air de réaliser ce qu'il se passe. Mon mari est confus, je ne sais pas vraiment pourquoi mais vous y êtes de toutes façons pour quelque chose. Il ne va pas très bien, il peut perdre ses moyens et si vous le connaissez, vous savez donc qu'il est cardiologue et chirurgien ! Croyez-vous que dans son métier, on puisse se permettre de vivre des états d'âme perturbants ? Il faut que tout cela s'arrête et vous seule pouvez agir en me confiant de quoi il s'agit. D'autre part, il est hors de question que je m'adresse à ma belle-mère. J'ai surpris cette conversation téléphonique par le plus grand des hasards et je ne veux pas lui faire plus de peine que ce qu'elle a déjà. Vous savez qu'elle a perdu son mari récemment ?

- Oui, je le sais bien sûr. Mais pour en revenir à Nicolas, la dernière fois que je l'ai vu, il avait pourtant l'air très calme. En aucune façon Madame, je n'ai pu dire ou faire quoi que ce soit qui l'ait dérangé, perturbé comme vous dites. Nous avons voyagé dans le même avion pour nous rendre à Singapour et le hasard a fait que j'étais installée sur le siège voisin du sien. Voilà pourquoi nous avons discuté. Le fait que je connaisse sa mère est pure coïncidence, d'ailleurs nous n'en avons même pas parlé. Vous êtes sûre que vous n'exagérez pas un peu ? Pourquoi est-ce vous qui venez me voir ? S'il était si ennuyé que vous le dites, il serait venu lui-même, vous ne croyez pas ?

Visiblement Liliane ne voulait pas livrer la vérité. Elle cherchait à tout prix la fuite et tentait de se justifier en rejetant la faute sur Claire qu'elle accusait d'amplifier les choses. Mais celle-ci reprit

- C'est moi qui suis là, c'est tout ce qui vous importe Madame. Maintenant, assez joué, dites-moi de quoi vous parliez avec Gabrielle au téléphone, comment vous la connaissez.

Liliane en avait visiblement assez de devoir tenir tête à Claire. Elle avait changé de visage. Au départ, ferme et un peu hautaine elle avait tenté de résister à ses questions mais elle semblait maintenant véritablement déstabilisée. Elle resta silencieuse un instant. Elle réfléchissait et affichait un visage triste et angoissé.

- C'est vraiment délicat. Vous regretterez peut-être de savoir. Faut-il toujours connaître la vérité ou n'est-il pas plus sage de se protéger ? Avez-vous pensé à cela ? Lorsqu'on pose les questions il faut être prêt à entendre les réponses. Je vous assure, vous pouvez continuer vos vies tous les deux et être heureux sans m'obliger à vous dire ce que j'ai promis de taire.

- Je pense qu'il est trop tard maintenant pour penser à autre chose et découvrir la vérité est devenu une nécessité. Nicolas vous a rencontrée, il est revenu de voyage différent. J'ai entendu Gabrielle dire des choses graves, du moins importantes, donc nous en savons un peu et pas assez. Voilà. Je vous écoute. Comment connaissez-vous ma belle-mère ?

- Ce n'est pas votre belle-mère que j'ai rencontrée en premier, c'est votre beau-père…

- Philippe ?

- Oui, Philippe Clermont. Il était journaliste et reporter n'est-ce-pas ? Eh bien moi aussi je l'ai été. Nous avions une relation professionnelle. Lorsque j'étais très jeune et que j'ai commencé dans ce métier, j'ai été son assistante. Voilà.

- Cela ne m'explique pas pourquoi Gabrielle a dit qu'elle vous avait aidée, qu'elle vous a demandé de laisser Nicolas tranquille et cela ne m'explique pas ce que la montre faisait dans votre discussion. Je pense que vous occultez complètement tout ce que je suis venue vous demander ! Il reste de nombreuses zones d'ombre, vous ne trouvez pas ?

- Bien sûr mais vraiment j'hésite.

- Écoutez, si vous continuez à vouloir me cacher le fin mot de cette histoire, je reviens demain avec Nicolas. Je l'ai laissé chez mon beau-frère et j'ai prétexté une visite à une amie. Si je lui ai menti à propos de ma visite d'aujourd'hui, c'est pour le protéger. Il vaut peut-être mieux que je sache de quoi il retourne d'abord, vous ne croyez pas ? Si j'estime que c'est suffisamment important pour qu'il l'apprenne, je le lui dirai. Expliquez-vous maintenant Liliane, j'ai perdu assez de temps !

- Bon, je reprends... J'étais l'assistante de Philippe Clermont mais j'étais aussi sa petite amie. Nous avions plus de dix ans de différence et...

- Et quoi ?

- Et je suis tombée enceinte.

- Ah oui ? Claire était devenue blême... continuez !

- Il n'était pas encore marié à Gabrielle qu'il n'a rencontrée que bien plus tard, je vous rassure, mais...

- Mais ?

- J'étais toute jeune, je faisais vraiment mes débuts dans le métier et j'avais de l'ambition.

- Et ?

- Et, je ne voulais pas garder l'enfant. Philippe au contraire ne voulait pas entendre parler d'avortement. Il voulait que je l'épouse mais moi, je n'étais pas du tout prête à m'engager dans une relation sérieuse. J'aimais bien

Philippe mais rendez-vous compte, je n'avais que 23 ans ! Me retrouver en couple et qui plus est, avec un enfant, c'était beaucoup trop pour la jeune fille que j'étais à ce moment-là. Nous nous sommes querellés, Philippe me suppliait de rester avec lui et voulait à tout prix garder notre enfant.

- Alors qu'avez-vous fait ? Claire commençait à voir venir la suite et craignait en même temps d'entendre ce que Liliane allait raconter.

- Philippe et moi avons trouvé un compromis. Comme il tenait plus que tout à avoir cet enfant, j'ai accepté d'aller jusqu'au bout de ma grossesse. En revanche il savait aussi que je ne voulais pas l'épouser et que j'allais abandonner l'enfant qu'il élèverait sans moi. Du coup nous nous sommes séparés et ce n'est pas moi qui me suis occupée de Nicolas. J'ai renoncé définitivement à mon droit de mère.

Philippe n'était pas un homme comme les autres. Beaucoup d'entre eux refusent d'assumer leur responsabilité lors d'une grossesse, mais lui, c'était un homme intègre et bon. Il avait beaucoup de principes et un grand sens de l'honnêteté. En fait, après la naissance de Nicolas, Philippe m'a autorisée à le voir à plusieurs reprises. Il profitait de quelques visites chez moi avec l'enfant pour essayer de me convaincre de passer ma vie avec eux. C'est la mère de Philippe qui s'en occupait au quotidien, lorsqu'il était tout bébé. Mais, quelque temps plus tard, Philippe a rencontré Gabrielle, et il a très vite changé les règles.

Claire était sous le choc. Gabrielle n'était pas la mère biologique de Nicolas et ce dernier l'ignorait totalement. C'est dingue, pensa-t-elle, et en y réfléchissant, elle réalisa que son mari ne ressemblait pas du tout à ses frères. Elle reprit la parole :

- Donc, j'ai entendu Gabrielle vous dire qu'elle vous avait aidée. Que s'est-il passé ?

- J'ai dû arrêter définitivement de voir Nicolas lorsque Philippe a épousé Gabrielle. Elle avait accepté le fait que son mari ait un enfant d'une précédente relation, avait consenti à l'élever elle-même, mais ne voulait pas de l'intrusion dans sa vie d'une personne qu'elle jugeait irresponsable. Je comprenais bien sûr son point de vue. Je ne pouvais pas prétendre être une mère puisque j'avais abandonné mon enfant. De mon côté d'ailleurs, je continuais ma carrière de journaliste. J'étais souvent dans des pays étrangers, passionnée par mon métier et malgré l'amour que j'aurais pu porter à mon enfant, je n'aurais pas eu suffisamment de maturité pour m'en occuper à l'époque où il est né. Pendant de nombreuses années je n'ai pas regretté mon choix. Je savais que mon fils était entre de bonnes mains, aimantes, capables, qu'il serait bien élevé et heureux.

- Et que s'est-il passé ? continua Claire qui était maintenant vraiment scotchée par cette nouvelle.

- Lorsque j'ai eu la trentaine, j'ai rencontré un autre homme que j'ai épousé. Plus âgé que moi à nouveau, il avait déjà des enfants et n'en voulait pas d'autre. Je ne suis donc jamais retombée enceinte et mon mari est maintenant décédé. J'habite dans l'appartement qu'il m'a légué. Je n'ai que de très rares relations avec mes beaux enfants.

- Donc, reprit Claire, je récapitule....
  Elle était vraiment troublée. Elle avait besoin de faire le point dans sa tête, comme si, en mettant les choses à plat, elle allait déboucher sur une autre vérité, une autre histoire que celle qu'elle venait d'entendre et qui l'avait choquée.

- Je peux récapituler pour vous, dit Liliane avec un léger sourire... Je suis la mère biologique de Nicolas.

- Tout cela ne me dit pas pourquoi mon mari est soucieux. Vous êtes certaine de ne lui avoir rien dit, vraiment ?

- Vraiment, je vous le jure. Je n'ai rien dit à votre mari susceptible de lui avoir donné des états d'âme.

- Bon, s'il vous plait, dites-moi, qu'en est-il des paroles que ma belle-mère vous a adressées au téléphone ? Elle disait clairement qu'elle vous avait aidée. Elle parlait aussi de la montre. Ok, je comprends pourquoi elle ne voulait pas que vous vous approchiez de mon mari, ça c'est autre chose.

- Gabrielle m'a aidée en effet, tout dernièrement. Lorsque Philippe est mort, j'en ai bien évidemment entendu parler, toute la presse et les services d'informations de télévision ont fait des reportages sur sa carrière. J'ai été secouée moi aussi, je l'avoue même si je ne l'ai revu que très peu souvent, à de rares occasions, alors que j'exerçais encore mon métier. Je n'ai jamais vraiment cherché à le revoir d'autant que je m'étais mariée entre temps et que j'étais heureuse dans mon couple. J'essayais aussi de ne pas trop penser à Nicolas. J'avoue aussi que je ne tenais pas à revenir sur mon passé. Je préférais occulter cette partie de ma vie que je considère être une fêlure, une douleur, dont je suis responsable bien sûr.

Cependant, le décès de Philippe me donna envie de revoir notre fils. Une page venait de se tourner pour lui et peut-être pour nous deux. Sans prévenir qui que ce soit, je me suis invitée à la cérémonie, aux obsèques. Ainsi, je pus voir Nicolas de près et je dois vous dire que je l'ai reconnu de suite. Il est tellement beau, et sans aucune méchanceté, je dois dire que je le trouve très différent de ses frères. Il a une belle tignasse brune et bouclée dont il a hérité, de mon père. Mais bien sûr Gabrielle m'a aperçue et sans que personne ne s'en rende compte nous avons eu quelques mots désagréables, en privé.

- Donc, si je comprends bien, vous avez eu un fils que vous avez totalement confié à une autre et au moment où vous en avez eu envie, vous avez voulu le récupérer ?

- Non bien sûr, ce n'est pas de cela dont il s'agit ! Je n'ai jamais voulu autre chose que passer un moment à ses côtés, pouvoir parler avec lui, le voir, l'entendre, le découvrir un peu. Je ne voulais rien de plus et je ne pouvais rien revendiquer. Voilà pourquoi j'ai demandé à Gabrielle de m'aider. Il fallait trouver une occasion pour que, de façon anodine et banale, je puisse le rencontrer. Elle a eu l'idée du voyage. Elle a réussi à avoir des informations sur le vol qu'il allait prendre vers Singapour et m'a prévenue. J'ai fait tout le reste.

- C'est-à-dire ? Qu'avez-vous fait ?

- J'ai acheté moi aussi un billet sur le même vol. Pour être près de lui j'ai demandé de l'aide à une de mes amies qui travaille chez Air France qui nous a placés à côté et le tour était joué. J'ai juste passé quelques heures près de mon fils. Nous avons échangé des banalités. Je n'en demandais pas plus et j'ai remercié Gabrielle à mon retour.

- Oui, mais qu'en est-il de cette fameuse montre ? Là vraiment je ne comprends rien du tout. Mon beau-père avait promis à Nicolas de lui donner cette montre, une Patek Philippe. Non seulement il ne l'a pas fait mais maintenant qu'il est mort la montre a disparu et ma belle-mère dit qu'elle a été vendue.

- C'est ce qu'elle m'a dit aussi. Mais je trouve ça grotesque !

- Expliquez-moi, s'il vous plait. Que vient faire cette montre dans votre histoire ?

- Lorsque j'ai abandonné Nicolas à son père, je me sentais bien sûr un peu coupable. Je n'avais aucune fortune personnelle, je n'avais rien à lui laisser pour l'éducation de notre fils. Philippe allait devoir tout assumer. Je n'avais qu'un seul objet en ma possession, auquel je tenais énormément. C'était la montre de mon propre père, la fameuse Patek. Je m'en souviens encore, comme si c'était hier. Je lui ai remis l'enfant et un petit paquet en même temps, le coffret qui contenait la montre. J'ai expliqué à Philippe que je n'avais rien de mieux à offrir. Cet objet avait de plus, une signification très sentimentale. Nicolas recevrait un bijou qui avait appartenu à un grand-père dont il ignorerait toute sa vie l'existence. J'ai fait promettre une seule chose à Philippe : lui remettre la montre dès qu'il serait adulte. Mais comme vous le savez, cela ne s'est pas produit puisque Gabrielle m'a appris que Philippe avait vendu la montre.

- Oui, c'est aussi ce qu'elle a dit à Nicolas. Le pauvre, il était vraiment blessé d'apprendre cette nouvelle. Il s'est senti trahi par ce père qui lui avait fait une promesse qu'il n'a pas tenue.

- Je ne comprends vraiment pas, enchaîna Liliane, Philippe n'aurait jamais fait une chose pareille ! il n'y avait aucune raison pour qu'il ne la lui donne pas, aucune justification pour qu'il la vende. Il n'avait pas besoin d'argent que je sache !

- Peut-être que ma belle-mère veut effacer toute trace de vous auprès de son fils ?

- C'est possible mais je ne comprends pas vraiment. Je pense que Nicolas a toujours été un motif de dispute dans leur couple. Philippe m'aimait suffisamment pour vouloir garder notre enfant et je pense que Gabrielle était jalouse de ce passé, elle était un peu sur ses gardes. C'est ce qu'il m'avait confié une fois qu'on s'était retrouvés par hasard lors d'une réunion professionnelle. Gabrielle a sûrement aimé Nicolas comme s'il était son fils mais elle ne pouvait s'empêcher de penser que j'étais là, peut-être pas loin, tapie dans l'ombre et que je pourrais avoir envie de le lui reprendre, ou que du moins j'essaierais un jour.

- Ils ont peut-être décidé ensemble de supprimer la dernière trace de votre existence dans sa vie ?

- Philippe aurait refusé répliqua Liliane. Mais, je me dis qu'il a peut-être menti ? Il a peut-être fait croire à sa femme qu'il avait vendu la montre alors qu'il l'a gardée, dans un endroit caché ? Il comptait peut-être la donner à Nicolas mais il est mort subitement et n'en a pas eu le temps…

Les deux femmes étaient dans leurs pensées. Claire était sous le choc. Liliane était soulagée d'avoir pu enfin avouer la vérité mais contrariée en même temps d'avoir trahi sa parole envers Gabrielle.

- Vous comprenez maintenant Madame, pourquoi je ne voulais rien dire. Vous étiez loin d'imaginer, je pense l'importance des informations que je détenais.

- C'est le cas mais je ne regrette pas de vous avoir rencontrée et de connaître le fin mot de cette histoire. Je ne vous vois plus de la même façon. Je sais maintenant que vous n'êtes pas une personne hostile ou dangereuse. C'est avant tout ce que je voulais savoir. En revanche, je pense que Nicolas doit être informé. Il est impensable de lui cacher une telle vérité…

- Ah bon ? Et vous comptez lui dire quoi ?

- Je ne sais pas encore, répondit Claire, et surtout je ne sais pas comment. En revanche, je vous demande une chose, c'est de m'aider. Nicolas, votre fils donc… souffre et je le vois bien, moi qui vis à ses côtés. On ne peut pas le laisser dans l'ignorance et la souffrance même si les nouvelles à lui donner sont bouleversantes. Il faudra que j'y réfléchisse. Je vous demande d'y penser aussi.

- Oui, je veux bien. Vous savez madame, abandonner son enfant lorsqu'on a vingt ans semble être une chose assez facile à faire, surtout lorsqu'on le confie à quelqu'un de fiable qui saura bien s'en occuper. Mais se retrouver comme moi, la soixantaine passée, avec une vie complètement vide, sans mari, sans enfant, c'est aussi n'avoir que des regrets.

  Mais à quoi servent les regrets ?

  Si je devais redevenir la jeune fille que j'étais, belle, enthousiaste, passionnée par le métier que j'apprenais et ambitieuse pour son avenir, je referais ce que j'ai fait, et j'abandonnerais à nouveau mon enfant ! Y-a-t-il de bons ou de mauvais choix dans nos vies ? Au moment où on décide, on fait toujours le bon choix. On vit dans un contexte spécial, on fait avec la personne que l'on est à ce moment-là et il n'y a rien d'autre à dire. On ne peut pas revisiter le passé, ce qui est fait est fait, mais on peut créer l'avenir et il faut avant tout vivre le présent.

Les deux femmes continuèrent un moment la discussion et après une tasse de thé offerte par Liliane, Claire rentra à Poissy. Elles avaient échangé leurs coordonnées et s'étaient senties beaucoup plus proches en se séparant. En réalité elles aimaient le même homme, l'une comme épouse, l'autre comme mère. Restait le mystère de la montre…

CHAPITRE 11

Claire avait pris son temps pour rentrer à Poissy afin de rejoindre sa famille. Les aveux de Liliane l'avaient bouleversée. Elle avait découvert un secret de famille tellement énorme, qu'elle se sentait à la fois soulagée d'avoir compris de quoi il retournait, mais aussi très compromise. Elle qui avait toujours été très honnête envers son mari voyait difficilement comment lui cacher une telle information le concernant. Ce qui la dérangeait au plus haut point, c'était qu'elle savait qu'elle n'était pas la personne qui devait lui en parler. Seules Liliane et Gabrielle avaient le droit de lui révéler la vérité. Mais laquelle des deux aurait ce courage ? Gabrielle avait tenu absolument à laisser Nicolas dans l'ignorance, de peur sûrement de perdre son affection et Liliane avait pris l'engagement de rester à l'écart. Le résultat de tout cela c'était tout de même un énorme mensonge qui avait été fait à un être cher et pour Claire, agir ainsi était intolérable, contraire à tous ses principes. Elle comprenait bien sûr tous les tenants et aboutissants de cette histoire mais elle estimait que la lâcheté d'une mère qui abandonne son enfant devait être assumée devant lui, et donc révélée. Claire était plutôt rigide dans ses croyances. Elle se targuait d'une honnêteté sans faille. Liliane lui était apparue comme une personne tout-à-fait respectable, intelligente et même agréable. L'atmosphère s'était détendue vers la fin de leur entretien surtout lorsqu'elles s'étaient aperçues qu'elles tenaient à la même personne. Elles avaient même promis de rester en contact et avaient échangé leurs coordonnées.

Cela n'empêchait pas Claire de penser que Liliane devait révéler à Nicolas l'égoïsme dont elle avait fait preuve en se délestant de lui. Claire était une mère elle aussi et elle comprenait très bien que Gabrielle ait voulu cacher le secret de sa naissance à Nicolas. Elle avait tout de même eu le courage d'élever un enfant qui n'était pas le sien et elle l'avait aimé certainement autant que ses autres fils. Elle avait dû trembler plus d'une fois à l'idée qu'on le lui enlève.

Elle était dans ses réflexions lorsqu'elle rejoignit l'appartement de la famille à Poissy. Elle se dit qu'elle devait absolument avoir l'air naturelle et même enjouée puisqu'elle était censée avoir revu une amie de longue date. Elle se força à revêtir un visage de façade, alors qu'elle avait du mal à cacher ses émotions.

La suite du séjour fut assez divertissante, avec des visites dans les musées, séances de cinéma et même la journée passée à Disneyland. Les enfants ont ce don naturel de donner de la joie aux adultes et leurs rires innocents nourrissaient le cœur de leurs parents, les aidant à oublier, au moins pour un temps leurs soucis. Claire et Nicolas étaient heureux de ce temps de retrouvailles en famille même s'ils avaient tous les deux des questions qui restaient encore sans réponse.

Puis ce fut le retour à la maison et la reprise des activités habituelles pour chacun. Ils se sentaient tous ressourcés et courageux pour cette remise en route.

Claire avait enregistré les coordonnées de Liliane dans son téléphone portable, aussi elle décida de remettre la carte de visite dans la valise. Au moment où elle allait attraper la Delsey sur l'étagère, quelqu'un sonna à la porte. Elle posa alors la carte directement sur l'étagère, se disant qu'elle finirait de la remettre à sa place plus tard. Les jours passèrent.

Quant à moi, j'étais toujours aussi frustré de savoir que Liliane, qui avait été la petite amie de mon père, s'était jouée de moi. Je repensais à ce voyage à Singapour. Elle s'était assise comme par hasard juste sur le siège voisin du mien dans l'avion et elle m'avait indiqué l'endroit où était cachée la montre.

N'y tenant plus, je revins à nouveau dans le dressing pour vérifier à nouveau la valise à la recherche de sa carte de visite. Je ne comprenais pas pourquoi je l'avais perdue. En posant ma main sur l'étagère, juste à côté de la valise, je fus surpris de la découvrir. J'étais satisfait et rassuré car je ne comprenais pas pourquoi elle était restée introuvable la dernière fois que j'avais voulu la récupérer.

J'attendis d'avoir un jour plus calme dans mon emploi du temps à l'hôpital et j'emmenai la carte dans mon bureau. Je fermai ma porte à clé, prêt à avoir une discussion sérieuse avec Lilas. Je composai son numéro et j'attendis. Je tombai sur sa messagerie. J'essayai plusieurs fois sans succès. Je finis, déçu par laisser un message :

« Lilas, c'est Nicolas Clermont à l'appareil. Je cherche à vous joindre car je pense que vous me devez des explications. Je ne vous ai pas rencontrée par hasard. J'ai raison non ? ». Merci de me rappeler.

Claire était tranquillement installée dans son salon, elle feuilletait un magazine lorsque son téléphone sonna :

- Claire, c'est Liliane à l'appareil. Je vous appelle car je suis vraiment désemparée. Nicolas vient de laisser un message sur mon répondeur. Il sait quelque-chose car il me dit que notre rencontre n'a rien de fortuit. Je ne sais que faire. Il attend mon coup de fil et je sens que si je tarde, c'est lui qui va m'appeler à nouveau.

- C'est bizarre. Il ne m'a rien dit en tout cas. Comment aurait-il pu avoir la moindre information ? Je vous jure je n'ai fait aucune révélation et je suis certaine que Gabrielle aurait été la dernière personne à lui parler de vous.

Écoutez Liliane, s'il sait quelque chose, il est trop tard à mon avis pour continuer à lui cacher la vérité. D'ailleurs il y a un bon bout de temps que je me demande quand et comment on va la lui dire. C'est l'occasion, le moment est venu. Ne dites rien au téléphone, ne répondez pas s'il vous appelle. En revanche il faut qu'on programme ensemble votre venue chez nous. C'est la seule solution. Vous vous expliquerez en face à face…

- Je pense que vous avez raison, c'est peut-être le meilleur moyen de lui avouer l'origine de sa naissance. Vous serez à ses côtés pour l'épauler, mais que va dire Gabrielle ? A son âge en plus, je ne veux pas lui provoquer une syncope. Je m'étais engagée auprès d'elle, je lui avais juré que jamais je ne dirais quoi que ce soit à son fils. Alors, que dois-je faire, d'après vous ?

- Non, Liliane, ne vous inquiétez pas pour Gabrielle. Je vous invite à venir chez nous et pas chez elle. Nous nous retrouverons tous les trois seulement. Vous lui raconterez le déroulement des événements comme vous l'avez fait pour moi et c'est tout. Ma belle-mère n'en saura rien du tout. Je tiens à la protéger. Je serais surprise que Nicolas, connaissant la vérité, ait envie de blesser sa mère. Le mieux est qu'elle reste à l'écart et qu'elle ne sache jamais. Qu'en pensez-vous ?

- Je suis tout-à-fait d'accord et je vous remercie. Bien sûr je crains de tout avouer mais d'un autre côté, je me trouve maintenant retranchée dans mes arrières. Apparemment il sait quelque chose. J'ignore de quoi il s'agit et par quel biais il a pu avoir des renseignements, mais on doit agir.

- Autant tout lui raconter vous-même je vous assure car s'il a réussi à glaner quelque information, vous seule et sa mère connaissez véritablement l'histoire de sa naissance. C'est risqué de le laisser avec peut-être des données erronées, transmises on ne sait par qui. J'ai aussi l'impression que maintenant qu'il a retrouvé votre carte de visite, il ne vous laissera pas en paix.

Claire venait de se souvenir de ce fameux jour où elle était en train de remettre la carte dans la valise lorsque la sonnette s'était faite entendre. Il était trop tard pour continuer à taire cette vérité que Nicolas devait découvrir.

Les jours passaient et je n'arrivais pas à joindre Lilas. Je m'énervais de tant de lâcheté. Je n'avais aucun autre moyen de la joindre car je ne pouvais pas repartir à Paris avant un grand moment. Je n'avais plus de congés et un voyage à Zurich se préparait dans le cadre de la Recherche.

Je regrettais amèrement le message que j'avais laissé sur son répondeur. Si seulement je n'avais parlé de rien, j'aurais pu la coincer dans ses mensonges, une fois la conversation engagée. Malheureusement, j'avais bien mentionné que notre rencontre n'était pas le fruit du hasard et visiblement Lilas n'avait pas envie d'aborder le sujet. Je m'en voulais mais je ne pouvais plus rien faire. Dire que j'avais passé une dizaine de jours de vacances en région parisienne et que je n'avais pas ses coordonnées à ce moment-là et que maintenant que je les avais retrouvées, j'étais bloqué chez moi.

Comme à mon habitude dans ces cas-là, je me replongeais dans mes activités avec beaucoup d'intensité pour ne pas penser à ce qui me tracassait. Mon travail m'apportait une grande part d'équilibre.

Le week-end approchait à grands pas. Je m'en réjouissais car j'étais toujours heureux de passer un peu de temps avec mes filles. Je savais que le samedi elles allaient être invitées à l'anniversaire d'une copine de classe mais je me disais que je pourrais en profiter toute la journée du dimanche. On irait tous les quatre peut-être, s'il faisait beau, voir l'océan au Grand Crohot ? J'adorais cette plage immense, perdue derrière une forêt de pins, naturelle et parfois dangereuse. On y prenait le grand air, le vent frais de l'ouest et on pouvait à tout moment de l'année ou presque, admirer la virtuosité de certains surfeurs émérites.

Ce samedi-là, comme prévu, Claire prit la voiture pour emmener les filles, à quelques kilomètres de chez nous, pour le fameux anniversaire qui devait durer toute la journée.

Lorsqu'elle revint, j'aperçus vaguement par la fenêtre du salon qu'elle n'était pas seule dans la voiture. Tiens, me disais-je, les filles ont peut-être oublié quelque chose et reviennent le chercher ?

Lorsque deux portières de la voiture claquèrent, je n'y prêtai pas grande attention. En revanche, lorsque j'entendis des talons marteler le sol devant la porte d'entrée, je fus surpris car je me souvenais que Claire portait des baskets. Je me retournai brusquement lorsque j'entendis la porte s'ouvrir, et je fus saisi d'une grande émotion. Claire et Lilas étaient toutes deux face à moi.

Je marquai un temps d'arrêt en les voyant. Comment cela était-il possible ? Comment Claire connaissait-elle Lilas ? Pourquoi l'avait-elle emmenée chez nous ? Mille questions affluaient en même temps dans mon esprit confus. Je pris une inspiration de secours, me permettant de reprendre mes esprits et j'avançai vers elles.

Claire prit la parole immédiatement, avant que je n'ouvre la bouche.

- Nicolas, j'ai invité Liliane que tu as rencontrée lors de ton voyage à Singapour. Je l'ai invitée chez nous car elle a pas mal de choses à te dire. Elle déjeune avec nous. Je l'avais prévu.

- Ça tombe bien ! J'avais moi aussi des questions à vous poser... Vous me devez des explications.

- Mais Claire... je me tournai vers ma femme, l'air implorant. Explique-moi !

- Avant que tu n'ailles plus loin dans la discussion, Nicolas, me répondit-elle, nous allons tranquillement nous installer. Il faut que tu saches que Liliane n'est pas ton ennemie, elle n'est pas notre ennemie. Donc, je te demande de me faire confiance. Je lui ai demandé de venir et je suis même allée la chercher à la gare à l'instant.

J'étais presque indigné, offusqué. Je repris en regardant ma femme

- Donc, tu sais toi ? Que Liliane était la petite amie de mon père ?

- Oui Nicolas mais elle a beaucoup plus que cela à te dire...

On s'installa tous les trois dans le salon et Lilas raconta pas à pas, les débuts de sa carrière de journaliste, sa rencontre avec mon père, sa grossesse et l'abandon de son enfant, moi. Je n'en croyais pas mes oreilles et j'avais fortement envie de crier à l'imposture. C'était tellement inimaginable que je n'arrivais plus à l'écouter. Pour moi, c'était une menteuse, une mytho, il fallait la faire taire et la virer de notre maison. J'étais très en colère et j'allais monter le ton quand Claire vint près de moi, me prit le bras et m'aida à me calmer.

- Je t'assure Nicolas, Liliane dit la vérité. J'en suis certaine et je t'expliquerai pourquoi je le sais.

J'avais du mal à réaliser ce qu'il m'arrivait. Je ne pouvais pas croire que Gabrielle Clermont ne soit pas ma mère biologique. Il se passait à l'intérieur de moi une telle émotion, un tel bouleversement que j'avais l'impression que mon plexus, mes entrailles, tout mon corps, tout mon être étaient broyés, comme brassés violemment dans l'essoreuse de la machine à laver.

De plus, je découvrais que j'avais vécu jusqu'à 41 ans, croyant à tout ce que mes parents m'avaient raconté sur ma vie, sur ma naissance et qu'ils m'avaient menti. C'était un choc effroyable. J'étais bouleversé et révolté. Je ne supportais pas l'idée que les gens qui m'avaient élevé, aimé aient pu me mentir.

Je n'en pouvais plus de voir cette femme devant moi qui venait de révolutionner ma vie. Je n'avais pas envie de la vérité, je voulais surtout revenir vivre les moments antérieurs à l'apparition de cette mégère. J'avais énormément de mal à me contrôler.

Claire m'encouragea à faire de la respiration abdominale pour que je puisse retrouver mes esprits. Il est vrai qu'en les regardant, je vis devant moi deux femmes terrorisées. Mon visage, mon regard, mon attitude hostiles leur faisaient peur, c'était évident. Mais il y avait en moi une telle fureur que je m'adressais à nouveau à Lilas. Il fallait qu'elle paye d'une façon ou d'une autre ce moment horrible que je vivais :

- Mais vous êtes abominable ! Quelle mère peut ainsi abandonner son enfant ? Je trouve cet acte véritablement abject, dégueulasse. Vous m'avez supprimé de votre vie, vous avez fait votre choix. Alors que me voulez-vous maintenant que le mal est fait ? Je n'ai qu'une seule mère et c'est Gabrielle, vous le savez ça ?

Lilas avait gardé son calme malgré le raz de marée qui venait de se produire. Elle s'attendait bien sûr à vivre des moments difficiles en avouant sa faute et elle avait par-dessus-tout peur de perdre l'affection ou du moins l'estime de l'enfant qu'elle venait de reconnaître pour la première fois. Sa plus grande crainte était de devoir disparaître à jamais de la vie de celui qu'elle voulait retrouver. Elle prit elle aussi une grande inspiration et elle me dit en me regardant droit dans les yeux :

- Vous savez, Nicolas, nous faisons tous des choix dans la vie à certains moments. Parfois nous décidons de choses graves et importantes, et nous en sommes conscients.

  Croyez-vous que dans mon cas, nous ayons décidé, votre père et moi d'avoir un enfant ? Non, faire des enfants ne se décide pas toujours. Ce n'est pas aussi simple. Nous étions très jeunes, j'étais très jeune, du moins moi, à l'époque et je ne réalisais pas. J'aimais votre père, nous étions tous deux passionnés par notre travail, j'apprenais beaucoup avec lui. Je l'admirais et je ne voulais pas le décevoir. Il me semblait que j'avais la vie devant moi et je ne pensais vraiment pas tomber enceinte. J'avais tout juste 23 ans. Votre père en avait dix de plus que moi. Il était plus mûr, il savait ce qu'il voulait, il m'aimait... beaucoup plus que je ne l'aimais moi-même. Vous savez, la femme que je suis devenue aujourd'hui regrette infiniment, mais la jeune femme que j'étais à l'époque n'aurait pas pu décider autrement, même si on pouvait remonter le temps.

Une fois que vous avez été conçu, les choses sont devenues différentes. Il fallait vraiment faire un choix. Votre père vous a désiré, a voulu que vous veniez au monde alors qu'il savait que j'allais vous abandonner. La décision s'est prise à deux là aussi ! L'abandon que j'ai décidé, il l'avait accepté et il l'a assumé comme je l'ai assumé. Nous étions tous les deux responsables, nous avons fait tous les deux le choix de vous donner la vie mais de vous laisser avec un seul de vos deux véritables parents. Même si je conçois que ce soit révoltant, la vérité, c'est que vous devez la vie à votre père. Pardon Nicolas... mille fois pardon...

Lilas s'était jetée à mes pieds, elle pleurait à chaudes larmes sincères. Cela ne faisait aucun doute. J'étais pétrifié. Entendre que j'aurais pu ne pas exister était le plus révoltant pour moi, clairement exprimé par cette mère que je trouvais tellement indigne. Je ne pouvais pas ouvrir la bouche, dire un seul mot. Claire m'apporta un verre d'eau et j'en avais véritablement besoin. Ma gorge s'était tellement rétrécie que je ne pouvais pas bien respirer.

Au bout d'un moment, j'arrivais à trouver un peu de paix. Ma femme, tellement présente à mes côtés et si compatissante me faisait pitié. Je devais vraiment avoir sale mine. Il fallait absolument que je dépasse cette épreuve, que je sorte de ma torpeur. Je leur dis alors que je voulais aller m'allonger sur mon lit. Claire m'accompagna en me tenant la main, comme un petit garçon, l'enfant que j'étais redevenu en un instant, l'enfant qui s'était vu abandonné par sa mère qui aurait même pu refuser de l'emmener à l'existence terrestre. Un moment après, m'étant un peu reposé, je revins dans le salon. Claire et Lilas discutaient à voix basse. Je demandai à Lilas :

- Mais, vous êtes devant moi aujourd'hui. Vous m'avouez m'avoir abandonné. J'espère que vous regrettez ce que vous avez fait ?

- Je vous en ai déjà parlé Nicolas. Je n'ai jamais regretté de vous avoir laissé à votre père. De plus, dès qu'il a épousé votre mère, je savais que vous étiez entre de bonnes mains et cela m'a apaisée. Les événements auraient bien été différents dans un autre contexte, si vous étiez arrivé dans ma vie quelques années plus tard, évidemment. Je me suis mariée dix ans plus tard et je n'ai pas eu d'autre enfant. Voilà ma punition !

Mais pour vous rassurer, je peux vous avouer que j'ai souffert de n'avoir pas eu le droit de vous approcher, pendant toutes ces années. Je devais rester complètement absente de votre vie et cela je l'avais promis à votre mère. Lorsqu'on prend des décisions on est obligé d'en assumer les conséquences. C'est ce que j'ai fait et je n'ai jamais failli à mon engagement, à part aujourd'hui.

- Non, mais s'il vous plait, rétorqua Nicolas. Vous vous êtes installée sur le siège à côté du mien sur le vol vers Singapour. Ah, certes vous n'avez pas dit qui vous étiez mais vous m'avez pourtant parlé de la montre de mon père. Dites-moi, à quoi tout cela rime ? Vous étiez censée rester loin de moi et vous me provoquez ?

- Quoi ? firent en même temps les deux femmes

- Je n'ai jamais, jamais, je vous l'assure, mentionné une quelconque information au sujet de votre père et encore moins de sa montre, précisa Liliane.

D'ailleurs, comment aurais-je pu ? Je ne sais pas ce qu'il en a fait de cette montre. Je la lui avais confiée car elle appartenait à mon propre père. C'était le seul objet de valeur que je possédais, et j'avais demandé à Philippe de vous l'offrir. C'était, dans mon esprit, comme une transmission. Je voulais que vous ayez quelque chose de moi, de ma famille, même sans le savoir.

- Je vous garantis, Lilas, vous m'avez même dit où elle était cachée.

- Cachée ? Mais c'est impossible. Je ne savais même pas ce qu'elle était devenue. Je pensais qu'il vous l'avait déjà donnée.

Nicolas se planta face à Lilas, il la regarda droit dans les yeux et il ajouta :

- Madame, pour l'amour du ciel, ne mentez pas ! Lorsque nous avons voyagé ensemble, j'étais à moitié endormi et vous avez clairement dit… bon c'est vrai, on aurait dit que vous parliez en dormant ; en tout cas vous avez dit « Nicolas, ma montre est dans le tiroir secret de mon bureau ».

Liliane était stupéfaite, elle avait pâli, blêmi. Elle tremblait.

- Je vous jure, Nicolas, si j'ai dit cela dans mon sommeil, c'est que c'est votre père qui s'est exprimé à travers moi, je ne vois aucune autre explication. En aucune manière je ne connaissais cette information. Je suis sonnée d'entendre une telle nouvelle.

Ce qui est vrai, c'est que j'ai demandé des tuyaux à votre mère, des informations sur le vol que vous alliez prendre, de façon à pouvoir voyager à vos côtés, pour vous rencontrer l'espace de quelques heures, mais c'est tout, je vous le garantis. Je n'avais pas d'autre ambition et surtout je ne connaissais pas le secret de la montre. Je me répète, mais vraiment je pensais qu'il vous l'avait déjà offerte.

- Le plus drôle, reprit Nicolas, c'est que lorsque j'ai demandé à ma mère ce qu'était devenu ce bijou et qu'elle m'a répondu que mon père l'avait vendu, je me suis senti vraiment berné, abusé. Mon père me l'avait promise depuis mon plus jeune âge et je ne comprenais même pas pourquoi. Donc, vous imaginez ! mais…. Nicolas hésitait à poursuivre

- Mais ? Dit Claire, vas-y, continue ta phrase !

- Mais, je dois vous l'avouer. Je suis allée chez ma mère en cachette, et j'ai trouvé la montre précisément à l'endroit que vous, Lilas, aviez mentionné dans votre sommeil.

- Incroyable, firent en même temps les deux femmes.

- Oui, incroyable. La montre était bien là où vous aviez dit. Je l'ai prise, j'ai été tenté de l'emporter mais je ne pouvais pas le faire sans l'accord de ma mère, et surtout sans avoir mis ma femme au courant et donc, je l'ai reposée là où je l'avais trouvée.

Mais il y avait un autre tiroir secret dans ce meuble et devinez ce que j'ai trouvé ? Un petit foulard indien et un dessin au crayon représentant une petite chinoise.

- La petite chinoise qui coud ! s'exclama Lilas

- Oui, c'est exact

- Il l'avait gardé. C'était un dessin qu'il aimait bien. J'en faisais beaucoup à l'époque. C'est touchant.

- En attendant dit Lilas en s'adressant à moi. Vous vouliez me poser des questions. Qu'aviez-vous découvert ?

- Tout simplement que vous étiez la petite amie de mon père. C'est une ancienne de ses relations qui me l'a appris. Un reporter de la BBC.

- Steve, s'écria presque Lilas

- Oui, Steve Barrow répliquai-je. Claire, lorsque je suis allé en Irlande j'en ai profité pour rencontrer cet homme qui avait bien connu mon père. Suite à la découverte du foulard et du dessin, j'ai cherché à comprendre et je suis arrivé jusqu'à lui.

- Incroyable, fit Lilas. Quelle histoire ! Les secrets finissent souvent par être découverts, mais si je n'avais pas parlé pendant mon sommeil, le nôtre serait resté intact.

Je commençais à digérer peu à peu toutes ces informations. Je réalisais aussi que Lilas était ma mère même si elle ne s'était jamais occupée de moi et qu'elle en souffrait. Pas ma véritable mère, car Gabrielle le resterait à tout jamais pour moi, mais une mère qui venait se rajouter, juste une deuxième maman. Je m'approchai d'elle, un peu hésitant.

Il me restait un peu de ressentiment, un peu de colère à cause de toutes ces cachotteries qu'on m'avait faites, de tous ces mensonges dans lesquels je m'étais construit. Mes frères n'étaient pas mes véritables frères. C'était tout de même lourd comme révélation. Je savais qu'il me faudrait du temps pour arriver à tout assimiler mais je commençais aussi à me rendre compte que Lilas n'était pas une personne malfaisante, ni une menteuse. Il lui avait fallu du courage pour tout venir m'avouer. A aucun moment elle n'avait menti ni joué un rôle, celui de la coupable repentie, ce qu'elle n'était pas et elle l'avait assumé. Elle avait fait son choix quand elle était jeune et il me fallait juste accepter la vérité. Elle avait seulement parlé de sa frustration de n'avoir jamais pu approcher son enfant. Elle s'y était hasardée récemment en prenant l'avion avec moi, et ses paroles, alors qu'elle dormait avaient déclenché un raz de marée auquel elle ne s'attendait pas.

Je m'étais approché de cette nouvelle mère, un peu hésitant, timide, mal à l'aise, ne sachant que faire. Je n'avais pas à me faire pardonner quoi que ce soit, mais je comprenais aussi son chagrin et sa tentative pour me voir. Lilas se tourna vers moi et prit mes mains dans les siennes. Elle les porta à sa bouche pour les embrasser. Je me laissais faire. J'étais abasourdi, à la fois choqué et heureusement un peu apaisé. Je n'en voulais pas plus, du moins pour l'instant et je ne l'aurais pas laissée faire si elle avait voulu me prendre dans ses bras. Lilas ne disait rien, des larmes tranquilles coulaient sur ses joues, des gouttes de vérité, d'apaisement. Il n'y aurait plus de mystères, je savais qui elle était et ce qu'elle voulait.

- Je m'appelle Liliane mais seul votre père me surnommait Lilas. Voilà pourquoi je vous ai donné la même information, me dit-elle.

- Bon, ce n'est pas le tout, dit Claire sur un ton humoristique. Il faut récupérer la montre maintenant !

ÉPILOGUE

Claire avait tout organisé. Elle devait passer prendre ma mère chez elle et l'emmener, ce dimanche là visiter une exposition de peintres impressionnistes. Les Bassins de Lumière à Bordeaux, un centre d'art numérique situé dans l'ancienne base sous-marine allemande de la Seconde Guerre Mondiale proposaient des tableaux mouvants et animés qui se reflétaient dans l'eau, de Monet, Renoir, Chagall, entre autres. Ma mère raffolait de peinture et Claire voulait y aller depuis longtemps. Elles s'étaient donc mises d'accord sur une date. Pendant ce temps-là, Estelle et Charlotte, mes filles étaient chez des amies pour l'après-midi.

Nous restâmes, Lilas et moi tranquillement à la maison, attendant un petit quart d'heure, histoire d'être sûrs que le château serait vide à notre arrivée.

Lorsque nous fûmes devant le portail, je montrais à Lilas la maison dans laquelle j'avais grandi et je lui faisais faire le tour du jardin. J'étais heureux de lui parler de mon enfance et des jeux que j'avais partagés avec mes frères ainsi que des cabanes que nous construisions à l'époque, nous prenant pour des héros de bandes dessinées ou de films.

Claire m'avait donné la clé de la porte d'entrée et le code de l'alarme que ma mère lui communiquait chaque fois qu'elle le modifiait. J'étais serein et heureux de partager quelques instants avec la mère que je n'avais jamais connue.

Après m'avoir enfin donné des explications, Lilas était repartie chez elle à Paris pour quelques jours. J'avais eu vraiment besoin de me retrouver seul avec moi-même et Claire, autant que Lilas l'avaient très bien compris. J'avais repris mon travail, je m'y étais investi au maximum pendant une bonne semaine. Le soir, lorsque je rentrais chez moi, j'avais plaisir à me retrouver seul dans mon bureau jusqu'au moment du coucher où je rejoignais mon épouse. Très compréhensive, Claire ne me posait pas de question, mais était très à l'écoute lorsque j'avais un sentiment ou une émotion à lui confier. Aussi, lorsque le week-end suivant arriva, je me sentais mieux. Je m'étais laissé du temps pour m'habituer à cette nouvelle donne dans ma vie qu'il fallait que j'accepte, j'avais deux mères. J'avais réussi à encaisser le mensonge et l'abandon, alors que je ne m'en étais pas cru capable au départ.

Je réalisais que cette situation n'avait été facile pour personne et il me suffisait de me mettre alternativement à la place de ma mère Gabrielle, ou de Lilas, ma mère biologique, pour que mon point de vue sur l'événement de ma naissance se présente sous un angle tout à fait différent.

Notre nature d'êtres humains avec nos individualités pour ne pas dire nos égos, nous place en permanence au centre de tout. Notre vision est purement égocentrique et notre souffrance découle de cette étroitesse. Lorsqu'on le comprend, et à condition de bien vouloir s'en donner la peine, on peut aussi visionner le même épisode en se plaçant dans des endroits différents, en essayant de prendre la place des autres protagonistes, et là, une nouvelle compréhension des choses s'impose immédiatement.

C'est en tout cas ce que m'avait appris cette histoire. Devenir tolérant pour ne pas dire compréhensif demande de la bonne volonté et de la bonne foi.

Il s'agit de sortir de soi-même pour s'ouvrir à ce que l'autre personne a pu vivre et ressentir. Une fois cet effort accompli, l'acceptation qui en découle est une source énorme de paix intérieure. Je n'en voulais plus à personne, ni à celle qui s'était toujours occupée de moi, qui m'avait cajolé tous les soirs de mon enfance mais qui m'avait menti, ni à celle qui m'avait donné la vie et qui m'avait abandonné ensuite parce qu'elle ne se sentait pas capable d'en faire davantage.

Nous étions maintenant entrés dans la maison familiale. Je montrais rapidement à Lilas ma chambre de jeune garçon, qui était devenue chambre d'amis par la suite. Nous jetâmes un petit coup d'œil dans le séjour, le salon, la cuisine car j'étais heureux de lui montrer où j'avais vécu toutes ces années sans elle et je l'emmenais avec moi dans la chambre de mes parents. Très rapidement, j'ouvrais les deux tiroirs secrets du meuble de mon père. Je souriais car je me sentais tel Arsène Lupin, le roi du cambriolage. J'avais acquis de la dextérité depuis la dernière fois et j'en faisais part à Lilas que cela amusait.

Je récupérais la précieuse Patek Philippe en premier, puis je continuais mes investigations en sortant de leur cachette le petit foulard et le dessin. Lilas mit rapidement tous ces trésors dans son sac et nous partîmes en remettant bien en place tous ce que nous avions pu déplacer.

Je ramenais rapidement Lilas chez moi et nous nous installâmes dans le salon, en attendant le retour de Claire.

Lilas avait tenu à poser les trois objets délicatement sur la table de la salle à manger. Elle avait pris la montre dans ses mains, la regardait émue en la retournant de tous les côtés, des larmes dans les yeux. C'était un souvenir de son père mais aussi le symbole de sa séparation avec l'enfant à qui elle avait donné la vie. Elle la reposa sur la table et pris ensuite le foulard. Elle se l'enroula autour du cou et se mit à rire. Ce petit morceau de soie dont elle venait de se parer l'avait ramenée quarante ans en arrière, à une époque où elle n'avait pas de rides et où elle était tellement plus insouciante. Elle prit aussi le petit dessin et le regarda de près. Ses larmes continuaient de couler doucement. Elle me parla de mon père lorsqu'il était jeune et de l'époque où ils se fréquentaient. Je l'écoutais et la personne qu'elle me décrivait ne ressemblait pas du tout à l'homme que j'avais connu et qui m'avait élevé. Je me disais qu'il devait être impossible à tout enfant d'avoir une vision objective de ses parents, de les voir comme des adultes ayant eu une vie similaire à la leur. Puis, on entendit la voiture de Claire rouler dans l'allée. Nous étions heureux, nous attendions tous les trois avec impatience ce moment précieux et presque solennel.

Claire entra, nous raconta sa visite aux Bassins de Lumières avec ma mère, puis, s'étant débarrassée de son manteau, elle s'approcha de la table. Elle regarda avec une curiosité non dissimulée les trois objets qui y étaient posés.

Elle me fit remarquer que la montre ne marchait pas. J'expliquais à Claire que normalement elle aurait dû se remettre en marche dès que je l'avais prise en mains car elle était dotée d'un mouvement perpétuel. J'avais eu beau la remuer dans tous les sens et même la secouer un peu, rien n'y avait fait, la trotteuse n'avait pas bougé d'un iota. J'étais un peu déçu mais je me disais qu'elle avait juste besoin d'une petite révision et que je l'emmènerai chez l'horloger pour la faire nettoyer et remettre en état.

Comme un cérémonial, nous nous approchâmes tous les trois de la table. Lilas prit d'abord le foulard et le dessin et me les donna en disant :

- Mon cher Nicolas, je te confie ces deux objets que ton père avait récupérés en souvenir de moi. C'était un symbole de l'amour que nous avons partagé. Je pense vraiment qu'ils te reviennent de droit.

Elle prit ensuite la montre, la mit autour de mon poignet et referma la boucle. J'étais très fier. Je savais que mon père, de là-haut, pouvait nous voir tous les trois, dans cet instant où nous étions si proches de lui par la pensée. Nous venions de réaliser son souhait et nous en étions tous très émus. Puis Lilas nous demanda de nous tenir la main et elle s'exprima en levant légèrement les yeux vers le plafond

- Philippe, tu as été très cher à mon cœur. J'ai réalisé bien trop tard à quel point je tenais à toi mais la vie est maîtresse d'apprentissage et les regrets ne servent à rien. Aujourd'hui, en présence de notre enfant, je demande pardon pour le mal que j'ai pu te faire et lui faire. Puisses-tu protéger ton fils Nicolas ici présent, Claire son épouse, Gabrielle, ta chère femme si dévouée ainsi que moi-même si tu le veux bien.

Nous avions tous les trois les larmes aux yeux. Claire fit du thé, nous nous installâmes sur la terrasse car nous avions besoin d'un peu d'air frais. Il faisait beau. Nous étions calmes, paisibles cet après-midi-là. Nous avions retrouvé une sorte d'harmonie intérieure et moi, j'avais deux mamans. Gabrielle que j'aimais infiniment et que j'avais voulu préserver en la laissant dans l'ignorance et Lilas que j'avais retrouvée après plus de quarante ans de séparation. Nous aurions du temps à rattraper… Je regardais un long instant ma montre, heureux de l'avoir récupérée, satisfait de savoir qu'elle m'était vraiment destinée.

Lilas s'était mise à parler de Bali. Elle prévoyait un voyage où Claire et moi pourrions la retrouver pour passer des vacances ensemble et apprendre à mieux nous connaître. J'étais ravi par ce projet.

Mon bras était nonchalamment posé sur l'accoudoir du fauteuil de jardin, ma main pendait dans le vide, et… la trotteuse de la montre s'était remise à tourner.

FIN

Printed in Poland
by Amazon Fulfillment
Poland Sp. z o.o., Wrocław

16033799R00132